U0092356

從《聊齋志異》論蒲松齡的女性觀

藍慧茹◎著

自序——蝸處幽棲樂清虛

中國文學路迢迢，一路走來，歡愁交加。

歡的是，在文學的世界裡覓得淨土一畦，清風、明月，任我徜徉。

愁的是，文學淨土遼闊無垠，遂令我心生天地悠悠之惶然。這天地之大，非我足跡所能踏遍，非我耳目所能觀盡。蒼茫淨土裡，我不過蜉蝣一搏，妄想著窺得天地全貌！呵，只怕窮我一生，也不過窺得一二罷了！

雖是如此，我仍像一隻蝸，執迷不悔地蝸行著。怕是山無陵、江水為竭，冬雷震震夏雨雪，天地合，仍未能與之絕！

而今，小小的蝸，渡過江河，穿越曠野，拾掇行過所留的涎跡化成小書一冊，呈獻給所有生命中的貴人：感謝寫作論文以來諄諄指導的王年双教授、許麗芳教授、徐照華教授，以及從大學時代一路不吝提攜的李威熊教授、陳織彬教授、陳啟佑教授、吳彩娥教授與其他師長們。最重要的，獻給我摯愛的父母以及兄弟，沒有您們行途上的殷勤眷顧、噓寒問暖，平凡如我，怎能擁有自己的一片天？

中國文學路迢迢，小蝸一隻，小書一冊，此生，就這樣不回頭地清步漫漫……

二〇〇五年一月　於煙雨蘭陽

目次

第一章　緒論

第一節　研究動機與目的

婦女問題為當今社會重要議題之一，基於對婦女問題之關注，在閱讀中國古典小說時對於其中的女性議題不免特別留意。

蒲松齡在《聊齋志異》中創造大量形象迥異的女性角色，魯迅在《中國小說史略》一書中就曾評論：

明末志怪群書，大抵簡略，又多荒怪，誕而不情，《聊齋志異》獨於詳盡之外，示以平常，使花妖狐魅，多具人情，和易可親，忘為異類，而又偶見鶻突，知復非人。[一]

解弢也曾說過：

一　詳見魯迅：《中國小說史略》（台北：谷風出版社），頁二一一。

寫美人以《紅樓》、《聊齋》為最擅長，然二者相較，《紅樓》尚不及《聊齋》色相之夥。[二]

對於這些女性人物，前人的研究多半集中在角色形象的刻劃塑造之分析，乃從人物藝術論的角度切入探究。

然而蒲松齡的《聊齋志異》寫作於一個極端壓制女性，卻又同時存在著尊崇女性思潮的時代，忠實地反映了這個時代女性觀的保守與開放、封建與進步的特質，觸及各個不同層面的女性議題，除具有特別的時代意義外，其中更能反映出男性作者本身對女性的觀點：

> 男性作家筆下的女性形象，實際上就是男性對女性的藝術想像。男作家筆下的女性形象，固然也反映現實中女性的狀況，但這一種反映經過作家心靈的折射，就帶上了作家的主觀印跡。[三]

蒲松齡究竟是抱持何種心態在創造這些女性角色？這些女性形象背後潛藏的是蒲松齡什麼樣的一

二　詳見解弢：《小說話》（民國八年中華書局印本），據朱一玄《聊齋志異資料匯編》轉錄（天津：南開大學出版社，二〇〇二年十一月），頁五一六。

三　李玲認為「可以從女性形象塑造中考察男作家的性別觀念」，「例如，林黛玉、薛寶釵、王熙鳳、花襲人，就是曹雪芹對於女性的不同想像。鳴鳳、瑞玨、梅、琴，就是巴金對於女性的不同想像。我們閱讀男作家的作品，就必須考察他們對女性的想像合理不合理，考察他們的性別觀念正確不正確。」詳見李玲：〈想像女性——男權視角下的女性人物及其命運〉，http://www.xslx.com/htm/zlsh/shrw/2004-03-16-16360.htm。

種深層心理意識？在文本寫作的背後所隱藏的作者創作意識，也就相當值得進一步探討與詮解了！

瞭解男性論述下的思維觀點及心理運作，對於理解文本中女性處境和定位是有所助益的，而由文本延伸至現實環境，亦提供了一個思考女性問題本質的方向。本文期望藉由男性論述文本，探究男性作家對女性的觀點，並從中反思在男權體制下女性的處境和定位。

第二節　研究材料與近代研究概況

本論文以蒲松齡著、張友鶴輯校的《聊齋誌異》會校會注會評本[四]為研究主體。必須特別提出說明的是，本論文從《聊齋志異》一書探究蒲松齡的女性觀點，然而《聊齋志異》一書中的故事並非全部由蒲松齡原創，當中不少是來自市里井閭傳述、現實生活真人真事或取材於清代以前的志怪傳奇與筆記小說等，這部分已有專門論述之作[五]。既然《聊齋志異》不全然是蒲松齡原創的作品，據此研究的「女性觀」究竟能不能斷定是蒲松齡個人所屬的觀點思想？

四　蒲松齡著，張友鶴輯校：《聊齋誌異》會校會注會評本（上海：上海古籍出版社，一九九七年十月）。本論文所有《聊齋志異》的故事原文皆引自此書，以下不再注解說明出處。

五　朴永鍾：《聊齋志異的再創作研究》對《聊齋志異》的來源論述已詳（台北：國立台灣大學中國文學研究所碩士論文，一九九二年十二月），頁二七—八〇。

答案是肯定的。在前有所承之下所進行的承繼、重構或改造，蒲松齡直接承襲舊主題的篇章不多，而再創作的篇章也都賦予新的主題，因此在主題方面，蒲松齡的獨創性仍佔很大比例。更重要的是：

> 不管是承襲或改變，再創作作品的主題，大都比其來源更具有明確的焦點、集中顯示了著作者的某種思想意識。或者，本為沒有主題的，到了蒲松齡手裡，才得到了作品的靈魂。六

所有篇章經過再創作者之手而呈現，即使是前有所承，也不是一字不漏地抄襲，而是在原有的架構上，賦予新的意義內涵與新的思維體系；若不符合再創作者的觀點，再創作者自然會加以改造，以貼近自己的想法，亦即這些非原創作品仍舊會帶有再創作者個人的意識。因此，我們可以大膽而放心地依據《聊齋志異》一書來探究分析蒲松齡的思想觀點。

本論文將以各篇故事的主要、次要女性角色為優先關注的對象。前者往往是作者投注大量心力而形塑出的理想女性典範或批評的對象，牽引全篇情節的發展；而後者則多半與主要女性角色的關係密切，或是對立衝突，或是情誼親密，通常是主要女性角色的正襯或反襯。

其次，本論文研究取材除關注在故事本身所呈述出的訊息線索以外，更重視篇末的「異史氏

六　詳見朴永鍾：《聊齋志異的再創作研究》，頁八一。

曰」。蒲松齡仿史書贊論的寫法，於《聊齋志異》的部分篇章中發表他個人的議論，對事件的總評和正文主題一致，有著加深主題的作用。

「異史氏曰」在《聊齋志異》一書中所佔比重見表1-1[七]：

表1-1　異史氏曰佔全書篇數表

卷別	一	二	三	四	五	六	七	八	九	十	十一	十二	合計
篇數	42	40	45	40	43	45	39	43	49	26	40	42	494
異史氏曰	16	13	16	14	16	18	21	18	13	17	19	15	196

「異史氏曰」佔約全書之百分之四十，由於這是創作者最直接的現身說法，因此要了解蒲松齡的觀點思想，「異史氏曰」的評論文字是不可忽略的。

在近代研究《聊齋志異》的學者不少，相關論文著述亦頗為可觀。汪玢玲〈七十年來的蒲松齡

七　除「異史氏曰」之外，蒲松齡在某些篇章中也以作者的身分出場發表自己的評論，但未冠以「異史氏曰」，此種情況不列入本表計算，本表採明確寫出「異史氏曰」者方列入計算。然若以作者意見的角度視之，蒲松齡在《聊齋志異》一書中發表意見的篇章遠超出一百九十六篇。

研究〉[八]及王慶雲〈三百年來蒲松齡研究的歷史回顧〉[九]，對清代以降有關蒲松齡的研究情形，做了具體、系統的總結回顧、分析和評述研究。研究之盛，甚至還有發行研究蒲松齡、《聊齋志異》的專門期刊[十]。

其中以「女性」為主題的學位論文有周正娟的《聊齋誌異》婦女形象研究》（私立東海大學中國文學研究所碩士論文，一九九五年六月）、劉惠華的《聊齋志異女性人物研究》（國立台灣大學中國文學研究所碩士論文，一九九七年六月）、張嘉惠《聊齋誌異》女妖故事研究》（國立中山大學中國語文學系研究所碩士論文，二〇〇二年七月）等。

重要期刊論文如梁伯傑〈「聊齋」女主角的塑造〉、李怡芬〈《聊齋志異》中的女性形象析探〉、張小忠〈《聊齋志異》中的妒婦形象及蒲松齡的婦女觀〉、任孚先〈論《聊齋志異》中的婦女主題〉、周志進與高新群〈試談《聊齋志異》中婦女形象的塑造〉、徐大軍〈男權意識視野中的女性——《聊齋志異》中女性形象掃描〉、馬玨玶〈〈夜叉國〉及其他：蒲松齡女性理想的反觀〉、徐虹〈從《聊

八　汪玢玲：〈七十年來的蒲松齡研究〉，《蒲松齡研究》一九九四年二期（一九九四年六月），頁八七—一〇四。

九　王慶雲：〈三百年來蒲松齡研究的歷史回顧〉，《山東社會科學》二〇〇二年四期（二〇〇二年八月），頁一〇八—一一一。

十　山東蒲松齡研究所發行《蒲松齡研究》期刊，發表有關蒲松齡研究和《聊齋志異》研究的論文、考證、隨筆、調查報告、作品分析、資料目錄等各類文章。

齋》的女性形象談蒲氏的女性觀〉、張福來〈談《聊齋志異》婦女形象的特徵和塑造手法〉……等。

在這些研究著述中，主要關注的焦點集中在女性形象的塑造，偏向於作品藝術分析。少數則是將焦點放在蒲松齡的婦女觀，然而考察這類文章，多半是淺探輒止，未有深入分析其婦女觀的內涵、意蘊，將作品與作家繫聯起來。因此，也給予本研究論文一個可以發展的空間。

第三節　研究方法與架構

本論文將以明清時代對女性的觀點、相關社會現象，及蒲松齡個人的家庭環境、生活經歷，做為外緣部分的研究，藉以了解蒲松齡思想的形成。而在研究的主體部分，近年來流行女性研究，學者重新思考文本中的婦女或性別問題，女性研究提供了文學閱讀與批評的另一個角度，從女性形象與兩性關係中，亦得以一窺女性／文學／社會的關係。因此，本論文嘗試由女性研究的角度分析《聊齋志異》中的女性如何呈現於文本。更藉由《聊齋志異》中獨特的「異史氏曰」的作者評論來探究蒲松齡創作背後蘊藏的對女性之觀點理念、愛惡心理，做更深入的分析、論證。並進一步將蒲松齡的女性觀置於歷史的地表上，以探知其進步與不足之處。

本論文共分七章，第一章為緒論，概述本論文之研究動機與目的、研究材料與前人研究成果、研究方法與架構、研究之預期成果。

第二章主要先分析蒲松齡的生平與創作背景，藉以了解蒲松齡在個人思想與外在環境的影響下，於文學中如何受到制約與發揚。

第三章開始進入蒲松齡的作品分析。首先將探究《聊齋志異》中女性角色塑造的內涵，蒲松齡所形塑的女性角色，代表著他所認同／不認同的女性形象。

第四章著重探討異類女性角色的創造，蒲松齡在《聊齋志異》中創造出大量的異類女性，有別於人類女性的形象，本章首先分析他前承的異類女性創造發展歷史，再於前一章的研究基礎下比較異類女性與人類女性的異同何在。

第五章著重分析這些女性角色在文本中所呈現的自我與價值審視，藉以了解蒲松齡眼中的女性究竟是一個擁有自我的獨立個體，抑或附屬於他人的無聲影子。

第六章則歸納分析蒲松齡透過文本所呈現出他創作背後的心理意涵，藉此觀照蒲松齡／男性對女性的深層意念，在依戀著女性的同時，又是如何在抗拒、恐懼著女性可能的力量。

第七章總結全文，乃是對本論文研究命題的呼應與研究結果的再確認。總論蒲松齡的女性觀，分析其內涵特色，並進一步探究其進步與不足之處。

第四節　研究之預期成果

中國古典小說中關於女性的描寫，除《紅樓夢》外，最成功者恐怕非《聊齋志異》莫屬。短篇之《聊齋志異》在人物刻劃上雖不若長篇之《紅樓夢》來得細膩，但其關照層面之廣泛，更能具體而真實地呈現作者的女性觀點之全貌。

預計本論文完成之後，可收如下之成果：

（一）可以闡明《聊齋志異》中女性形象及其內涵、女性在兩性關係上的內涵。

（二）可以闡明蒲松齡對女性形象的迷思及其對女性認知的反省與思考。

（三）可以明白蒲松齡女性觀之進步與不足，及其時代意義與價值。

（四）可以明白明末清初男性論述文本與現實社會環境中女性的處境和定位，可供做為研究清代女性問題之參考。

第二章　內緣與外緣——蒲松齡生平與創作背景

要了解創作者的思想觀點，就不能不先了解他的生平事蹟，以及他所處的整個大環境的時代背景。對創作者的生平及創作背景有所了解，才能確切掌握其思想發展由來及脈絡，更能透澈洞悉其心理意蘊。因此，本章擬先從蒲松齡的生平及所處的創作背景切入，做為進入正式主題前的一個先置作業。

第一節　蒲松齡生平

蒲松齡，字留仙，一字劍臣，別號柳泉居士，山東淄川縣人。生於明崇禎十三年（西元一六四〇年），卒於清康熙五十四年（西元一七一五年），享年七十六歲。他是清代著名的文學家，在中國乃至世界文學史上享有極高的聲譽。

蒲家是般陽土著[一]，其先祖自明萬曆以來，曾科甲相繼，雖非顯貴名門，亦可稱得上書香門第、淄川望族。可惜到了蒲松齡之父親蒲槃的時候，雖然也曾致力於科舉，但因毫無成就且家境日漸衰落，最後只得棄儒經商。因家貧無力延請塾師，蒲松齡兄弟數人就由蒲槃親自啟蒙教讀。蒲松齡自幼聰慧，「經史皆過目能了」[二]，蒲槃遂轉而將金榜題名、光宗耀祖的期望寄託在他身上。

蒲松齡十八歲時，與同邑名士劉季調的次女劉氏（西元一六四三—一七一三年）結婚。蒲家原為三代同堂，上有父母兄嫂，下有弟妹姪輩，上慈下孝，一門和樂。但自從劉氏入門後，家庭逐漸失去和睦氣氛。因為長輩的偏愛，劉氏不見容於妯娌之間，因此數年之後，其父蒲槃決定分家。蒲松齡分得薄田二十畝、農場老屋三間，從此獨立生活，「薄產不足自給，故歲歲遊學，無暇治舉子業。」[三]

順治十五年，十九歲的蒲松齡參加淄川縣、濟南府以及山東學道的科舉考試，嶄露頭角，連取三個第一考中秀才，頗得當時擔任山東學道的名詩人施閏章之賞識，一時之間名震鄉里。隔年，少

一　蒲松齡在親撰的〈蒲氏族譜序〉中提到：「按明季移民之說，不載於史，而鄉中則還自棗冀者，蓋十室而八九焉。獨吾族為般陽土著。祖墓在邑西招村之北，內有諭葬二，一諱魯渾，一諱居仁，並為元總管，蓋元代受秩，不引桑梓嫌也。然歷年久遠，不可稽矣。相傳傾覆之餘，止遺藐孤。故吾族之興也，自洪武始也。」參見張景樵：《清蒲松齡先生留仙年譜》附錄資料（台北：臺灣商務印書館，一九八七年八月），頁一二〇。

二　詳見蒲箬〈清故顯考歲進士候選儒學訓導柳泉公行述〉，據朱一玄《聊齋志異資料匯編》轉錄，頁二八二。

三　詳見蒲箬〈清故顯考歲進士候選儒學訓導柳泉公行述〉，頁二八二。

年得志的蒲松齡與好友張篤慶、李希梅、王鹿瞻等人結組「郢中詩社」，時時「以風雅道義相劘切」[四]。此後，蒲松齡又兩次參加鄉試，可惜都名落孫山。二十五歲時，課讀於李希梅家。李家藏書千卷，蒲松齡在這段專心苦讀的歲月裡獲得淵博的學識與精鍊的寫作技巧。

三十一歲時，蒲松齡應同鄉江南寶應縣知縣孫蕙之邀前往任職幕賓，此次遠遊，對他的思想與創作產生極大的影響。孫蕙出外視察災情、河工，或者到府城所在的揚州，蒲松齡時常相隨，他親眼目睹了寶應一帶嚴重的水災和老百姓的悲慘遭遇，達官貴人不顧人民死活，依舊花天酒地的糜爛生活，窺見了縣府官吏怒如虎狼的兇殘面目和貪贓受賄的醜惡嘴臉。這更增加了他對清統治者的不滿和對勞動人民的深切同情，卻也從中收集了不少的寫作素材。幕賓生活使他十分厭倦，不過一年便告辭還鄉。對此行頗感失望的蒲松齡，為了跨入仕途，再度去應歲試，結果又是落第。自此之後，一來為了生計，二來為了準備應試，於是蒲松齡開始了近四十年的設帳坐館生涯。

蒲松齡先後在同邑的沈德符、王敷政家和畢際有家設帳授徒。畢際有曾任知州，且和王士禎家族有三、四世婚姻之好，喜吟詩，精鑒賞，家中有園林之勝。擔任畢府西席三十年，對蒲松齡的生活、交遊、讀書和創作影響甚鉅。因為對於家道貧寒，窮愁潦倒的蒲松齡而言，到畢府後，靠著比較優厚的館金，可以養家餬口，不再感到拮据。

四 詳見張元〈柳泉蒲先生墓表〉，據朱一玄《聊齋志異資料匯編》轉錄，頁二八五。

而畢際有喜歡以文會友，家中藏書甚豐，這些豐富的藏書正為蒲松齡提供了大量的寫作素材。蒲松齡在畢府的教書工作尚稱清閒，有充裕的時間讀書和寫作，不僅《聊齋志異》中許多瑰麗奇妙的花妖狐魅動人故事創作於此，他的俚曲、雜著等大部分著作也都是成書於畢府。此外，畢際有及其子孫的開明態度也有助於《聊齋志異》的完成。蒲松齡作為教書先生，主要任務是為畢際有的一群子孫講論四書五經，學作八股時文。但蒲松齡卻喜歡談鬼說狐，搜奇記異，畢家非但不反對，反而積極為蒲松齡提供大量素材，甚至直接參與他的創作。例如卷三〈鴝鵒〉篇前面說「王汾濱言」，後面說「此畢載績先生記」[五]。同卷的〈五羖大夫〉也說「畢載績先生志」。此外，畢際有的侄輩畢怡庵、畢公權等，也都參與了《聊齋志異》的創作[六]。

其次，長期在畢府坐館，蒲松齡除了受到地方官員的尊重外，還能結識一些上層社會人物，如王士禛（西元一六三四—一七一一年）、高珩（西元一六一四—一六九六年）、朱湘等。特別是與王士禛的交往，更使他備受殊遇。王士禛是當代文宗，又任高官，社會地位及文壇地位均備受推崇。對於蒲松齡的《聊齋志異》，王士禛十分贊賞，曾寫了一首七絕〈戲書蒲生《聊齋志異》卷後〉：

五 畢載績即畢際有，載績乃其字。

六 例如卷五〈狐夢〉篇提到：「康熙二十一年臘月十九日，畢子（怡庵）與余抵止綽然堂，細述其異。余說：『有狐若此，則聊齋之筆墨有光榮矣。』遂志之。」而卷六〈馬介甫〉篇末亦云：「此事余不知究竟，後數行，乃畢公權撰成之。」

姑妄言之姑聽之，豆棚瓜架雨如絲。料應厭作人間語，愛聽秋墳鬼唱時。[七]

這位臺閣重臣、詩壇泰斗的題詩，帶給蒲松齡無以倫比的欣喜。不僅如此，王士禛還詳加評閱《聊齋志異》一書[八]。經王士禛這樣一宣傳、品評，蒲松齡及《聊齋志異》的地位自然非同小可。

在畢府坐館期間，蒲松齡曾於五十一歲時再赴濟南應試，可惜因病被黜，經妻子劉氏勸慰後，才決心放棄科舉。七十歲時，從畢府撤帳而歸，結束漫長的塾師生活，此後他過著讀書、飲酒的悠閒養老生活。次年，授例成為貢生。蒲松齡七十四歲時，劉氏病逝，他悲痛欲絕，親自撰寫了〈述劉氏行實〉一文以寄託哀思。兩年之後，蒲松齡也依窗危坐，與世長辭。

蒲松齡一生懷才不遇，窮愁潦倒。他對於前途和功名，曾經歷過一番熱烈追求和沉痛幻滅的過程。這構成他一生的主要矛盾，這種矛盾也造成他沉重的心理壓力和精神折磨。在一些詩文中，他每每把自己比作破衲病僧；在〈聊齋自誌〉中，更稱自己是「病瘠瞿曇」轉世[九]。這固然是激憤之

七　詳見蒲松齡著，張友鶴輯校：《聊齋誌異》會校會注會評本所收錄的各本序跋題辭，頁三四。

八　張景樵：「蒲氏每撰成『聊齋』故事數十篇，輒寄請漁洋評閱，間作眉批、旁批、總批，或有傳聞異詞，亦附記之。蒲氏於謄清時，即將漁洋評語書入，成為本書內容之一部份。故王評在原稿本、抄本及初刻本中，均已載入，非後世各家增益之評語可比。」詳見張景樵：《清蒲松齡先生留仙年譜》，頁三九—四〇。

九　蒲松齡在〈聊齋自誌〉中描述自己的誕生情景道：「松懸弧時，先大人夢一病瘠瞿曇，偏袒入室，藥膏如錢，圓粘乳際，寤而生，果符墨誌。且也，少羸多病，長命不猶，門庭之淒寂，則冷淡如僧；筆墨之耕耘，則蕭條似缽。每搔頭自念：勿亦面壁人果是吾前身耶？」詳見蒲松齡著，張友鶴輯校：《聊齋誌異》會校會注會評本，頁二。

言，卻也表達出他懷才不遇、落魄難堪的心境。

蒲松齡著作豐富，他將自己的懷才不遇、窮困潦倒的經歷，以及對當時社會矛盾的體察，飽蘸著血淚，傾注筆端，創作了流傳百世的《聊齋志異》。除此書外，他還涉及文學的各個門類。他創作的詩現存九百二十九首，詞一百零二闋，文四百五十八篇。另有《牆頭記》、《姑婦曲》等俚曲十四種[十]，《考詞九轉貨郎兒》、《鐘妹慶壽》、《鬧館》等戲曲三齣。此外，蒲松齡還撰寫了《省身語錄》、《懷刑錄》、《曆字文》、《日用俗字》、《農桑經》等五種雜著，內容涉及天文、農業、教育等各個方面。[十一]這些作品雖未如《聊齋志異》那樣精萃、有著高度的藝術成就，但從中可看出他在文學和知識領域的多方面素養。

康熙十八年（西元一六七九年），蒲松齡四十歲時《聊齋志異》已初具規模，結集成書，並寫了〈聊齋自誌〉。以後仍不斷修改和增補新作，及其晚年，才最後成書。[十二]《聊齋志異》一書，可

十　俚曲共有《牆頭記》、《姑婦曲》、《慈悲曲》、《翻魘殃》、《寒森曲》、《琴瑟樂》、《蓬萊宴》、《俊夜叉》、《窮漢詞》、《醜俊巴》、《快曲》、《禳妒咒》、《富貴神仙後變磨難曲》、《增補幸雲曲》等十四種。詳見張元〈柳泉蒲先生墓表〉所附碑陰，頁二八六。

十一　以上作品數據，乃依據路大荒〈《蒲松齡集》編訂後記〉整理。詳見路大荒：〈《蒲松齡集》編訂後記〉，據朱一玄《聊齋志異資料匯編》轉錄，頁三〇七—三一〇。

十二　張景樵認為《聊齋志異》一書「其執筆年代，自少壯至暮年，可謂歷一生光陰萃一生心力而成。其中各篇之寫作時間，亦多不能詳考。惟在四十撰序之時，書中故事已寫成大半，規模已具，故可以是年為成書年代。」詳見張景樵：《清

謂為蒲松齡畢生精力與才華的結晶。

第二節　《聊齋志異》創作背景

《聊齋志異》的誕生，除了是文學繼承與創新的結果外，作者所處的時代環境、所見所聞等皆對作品有所影響。本節即從政治、社會及思想等三方面概述《聊齋志異》的創作背景。

一、政治背景

（一）兵亂

蒲松齡生活在明清交替的大動盪時期，主要兵亂有民間起義抗清的義軍，以及殘民以逞的清兵。蒲松齡五歲時，吳三桂引清兵入關，漢族人民的反抗如烈火燎原。八歲時，爆發山東高苑人謝遷之變[十三]，見載於卷一〈鬼哭〉。二十二歲時，親歷山東棲霞人于七之亂[十四]，親眼目睹滿清對人民

十三　清順治四年，山東高苑人謝遷舉兵反清，攻占縣城，並率兵堅守，後被清兵挖地道引火轟城導致城崩而失敗。蒲松齡先生留仙年譜》，頁三八。

十四　清順治五年，山東棲霞人于七據鋸齒山起義反清，波及八縣，清廷派都統濟世哈帶兵進剿，殘酷鎮壓，成千上萬無辜

的血腥鎮壓，見載於卷一〈野狗〉、卷四〈公孫九娘〉。康熙年間，為平定「三藩之亂」[十五]，兵患荼毒百姓，賦稅多似牛毛，黎民生活於水深火熱之中。卷四〈保住〉、卷六〈厙將軍〉、卷十一〈張氏婦〉描寫到「三藩之亂」；卷九〈遼陽軍〉、〈王司馬〉則反映了明清交替間戰爭的實況。

或許因為擔心暴露清兵暴行可能引發文字獄的威脅，文中所記載的清兵殘暴事蹟，多已被刪落[十六]，某些篇目僅見「北兵」或「大兵」等字樣。如〈張氏婦〉有「凡大兵所至，甚於盜賊」的簡略描繪，卷十〈仇大娘〉有「國初立法最嚴」的影射，皆如蜻蜓點水，點到為止；然若涉及人民死難之篇章，則字裡行間無不蘊含著蒲松齡最深切的同情。〈張氏婦〉、〈公孫九娘〉、卷二〈林四娘〉、卷六〈亂離二則〉、卷八〈三朝元老〉等篇，或寫親子、夫妻不能相保的人倫悲劇，或鉤勒變節求榮者的醜惡嘴臉，甚至直寫清兵大屠殺的慘烈情狀，這些文字如實描繪出一個大時代的悲劇，深切表達出蒲松齡的同情。

百姓慘遭殺戮。

十五　清康熙十二年，清廷下令撤藩，平西王吳三桂會同靖南王耿精忠、平南王尚可喜之子尚之信先後反清，史稱「三藩之亂」。

十六　羅敬之：「因當年刻書人趙起杲認為『意味平淺』或『文理不順』者，而『刪之』或『更定』者不少（見趙『刻聊齋志異例言』）。其實其所『刪之』及『更定』者，多為擔心因暴露清兵暴行而可能引發的文字獄而使名著不傳者。所以在現行本中於某些篇目僅見「北兵」或「大兵」等字樣，其揭發清兵劣蹟的系統述作，概被刪落。」詳見羅敬之：《蒲松齡及其聊齋志異》（台北：國立編譯館，一九八六年二月），頁一六五。

（二）吏治折獄

封建制度發展到晚期，已是弊病百出，吏治的腐敗幾乎到了無可救藥的地步。蒲松齡所處的時代雖是康熙盛世，卻也是苛捐雜稅名目繁多，貪官污吏橫征暴斂，奪民之利。而上行下效，地方上的豪紳亦巧取豪奪，搜刮民脂民膏，引起極大的民憤。蒲松齡長期鄉居，並一度擔任幕僚，深刻體會到當時政治社會的一股腥膻氣。這種種現實的感受，加上蒲松齡對民情的體察、為民排難的希冀，遂將他所觀察到封建吏治的種種弊端，在《聊齋志異》一書中深刻而大膽地揭發出來。

如卷八〈夢狼〉中所寫的「堂上，堂下，坐者，臥者，皆狼也」，即深受馮鎮巒讚賞，評為「知縣衙門光景」。又如卷十〈席方平〉中席方平出生入死為父伸冤，不僅反映人民對黑暗政治的英勇反抗，也無情的揭示出官僚機構時而淪為惡霸豪強欺負人民的工具。蒲松齡在對貪官污吏進行口誅筆伐之餘，也同時對一些土豪劣紳之輩毫不留情地加以揭發撻伐。如卷五〈竇氏〉、卷八〈崔猛〉、卷十二〈博興女〉等篇，都揭發出土豪劣紳霸奪良家婦女而無視於倫理道德的醜惡面目。蒲松齡懷著極大的憤慨，對貪官污吏、土豪劣紳的詭變手法、妄造名目、狂吸民膏的醜行，給予了最無情的揭露。

此外，由於官僚機構瀕於癱瘓，地方官員昏庸無能，冤獄時有所聞，蒲松齡在書中亦不免批評此一現象，如卷九〈郭安〉：

> 孫五粒，有僮僕獨宿一室，恍惚被人攝去。至一宮殿，見閻羅在上，視之曰：「誤矣，此非是。」因遣送還。既歸，大懼，移宿他所。遂有僚僕郭安者，見榻空閑，因就寢焉。又一僕李祿，與僮有夙怨，久將甘心，是夜操刀入，捫之，以為僮也，竟殺之。郭父鳴於官。時陳其善為邑宰，殊不苦之。郭哀號，言：「半生止此子，今將何以聊生！」陳即以李祿為之子。郭含冤而退。此不奇於僮之見鬼，而奇於陳之折獄也。
>
> 濟之西邑有殺人者，其婦訟之。令怒，立拘兇犯至，拍案罵曰：「人家好好夫婦，直令寡耶！即以汝配之，亦令汝妻寡守。」遂判合之。此等明決，皆是甲榜所為，他途不能也。而陳亦爾爾，何途無才！

天下奇聞固多，但判決殺人兇手代替亡子奉養老父，反映出邑宰的顢頇昏庸，也反映出郭父的無奈之苦。另如卷十二〈太原獄〉中一開始斷案的昏官，聽無賴「自認與婦通」，不加求證，即鞭於婦。卷七〈冤獄〉、卷八〈詩讞〉、卷九〈折獄〉、卷十〈臙脂〉、卷十二〈新鄭訟〉等篇，都對判吏的賢愚做了適切的反映。

除了一般冤獄，文字獄更是清朝對百姓的一大桎梏。《聊齋志異》中不涉怪異，完全描寫人間百態的不過才七十篇左右，其他或多或少皆涉及各種變異神怪。何以蒲松齡會大量以鬼狐神怪為創作題材，暗喻人間百態，卻不直寫世事？最盛行的說法即是受到文字獄的影響。

清初的文字獄嚴峻，蒲松齡所處的順治、康熙時期，正巧是清廷箝制言論自由的嚴酷時期。清廷為鞏固和強化政權，採取恐怖的文字獄政策，瘋狂鎮壓、禁錮漢人的民族思想。身為文人的蒲松齡無法自由地抒發他的不滿，卻又有滿腔的悲憤，欲一吐為快；於是，蒲松齡便將真實的人間幻化為鬼神的境界，以曲折方式反應現實生活，以隱晦手段表達真實感情。

進士余集為《聊齋志異》第一次刻本所寫的序文中，即從同時代讀書人的角度，分析蒲松齡以「鬼狐史」抒「磊塊愁」的苦衷：

> 按縣志稱先生少負異才，以氣節自矜，落落不偶，卒困於經生以終。平生奇氣，無所宣渫，悉寄之於書。故所載多涉諔詭荒忽不經之事，至於驚世駭俗，而卒不顧。嗟夫！世固有服聲被色，儼然人類；叩其所藏，有鬼蜮之不足比，而豺虎之難與方者。……惜無禹鼎鑄其情狀，鐲鏤決其陰霾，不得已而涉想於杳冥荒怪之域，以為異類有情，或者尚堪晤對；鬼謀雖遠，庶其警彼貪淫。嗚呼！先生之志荒，而先生之心苦矣！……然則是書之恍惚幻妄，光怪陸離，皆其微旨所存，殆以三閭侘傺之思，寓化人解脫之意歟？[十七]

作為深諳康乾時期文網嚴密的文人，余集對蒲松齡創作鬼狐神怪小說的動機以及原因等的理解，可

十七 詳見蒲松齡著，張友鶴輯校：《聊齋誌異》會校會注會評本所收錄的各本序跋題辭，頁六。

說是深中肯綮。

（三）科舉制度

科舉制度自隋唐以降，至清未衰，盛行了千年之久。與原先的取士選官相比較，可說是用意良好的一種考試制度，也確實選出一些優秀人才，讓各階層的知識分子都能獲得參政的機會。然而名額限制使競爭過於激烈，加上各地考官又多由庸吏充數，遂產生作弊、賄賂、鬻賣功名的眾多醜聞。明清兩朝又施行八股文為考試科目，這種文體脫離社會，毫無內容可言，徒具形式，嚴重束縛毒害知識份子。清代統治者恢復了科舉制度，仍按明代舊制以八股取士。康熙十七年又開設博學宏詞科，以羅致天下名士，並增加了科舉考試的錄取名額，科舉考試的內容完全以程朱理學為正統而不得逾越，清初社會就形成了以推崇科舉為特徵的政治風氣。

就對文學創作影響而言，這一政治風氣直接地影響了《聊齋志異》的作者蒲松齡，進而作用、影響了他的小說創作。其中的關鍵是，蒲松齡在此一政治風氣影響下形成了雙重人格，以及相應的人生選擇和複雜矛盾的思想觀念。

對於一般清門寒士如蒲松齡者，為求魚躍龍門，不得不力爭上游，藉科舉以翻身。蒲松齡自十九歲參加科舉考試，一度鷹揚，其後則一直困於名場。大陸學者曹萌即認為：

蒲松齡自願在滿清統治者的統治思想和文化政策面前低下頭顱，但他後來又背叛了自己的人

生選擇且對此深惡痛嫉，乃至鄙棄，這其中的動力居然是他科舉考試的屢試不第。[十八]

正因為如此，蒲松齡才對社會有嚴厲的批判，對科舉弊端有深刻的揭露，對人生有重新的評估，對生活的美好有著更強烈的祈盼。

與明末清初的許多士人不同，蒲松齡最開始所走的人生之路，是完全遵從了其時社會思潮所劃就的轍印。蒲松齡出身於沒落地主兼商人的家庭，到他出生之際，家庭情況更為貧困。因為這樣的家庭背景，蒲松齡儘管也身處明末清初的改朝換代之際，但他並不像那些出身名門大家的青年士人——如吳偉業（西元一六〇九—一六七一年）、顧炎武（西元一六一三—一六八二年）、屈大均（西元一六三〇—一六六九年）——那樣對舊王朝懷有深刻的留戀、對新王朝產生強烈的批判意識，並用某種方式寓托出故國之思。蒲松齡反而是從小就熱衷功名，並企圖藉此以興盛家道。就人生的選擇而言，家庭背景對蒲松齡是起著較大的作用的。

從表層來看，蒲松齡或許正是因為出身背景的關係，在清初那個特殊的時代中，先做了順從者，後又嬗變為叛逆者；但從深層原因上分析，導致其雙重性格形成的更在於他的品格作風與複雜的思想。從蒲松齡的生平和其他著述中，我們可以很明確地見出他「性樸厚，篤交遊，重名義，而孤介

十八 詳見曹萌：〈蒲松齡的雙重人格與《聊齋志異》蘊涵的文化傳統〉，http://www2.zzu.edu.cn/zywh/xslw/蒲松龄双重人格与《聊斋志异》蕴涵的文化.doc

峭直，尤不能與時相俯仰」[十九]，而在思想方面則是一個具有非常複雜觀念想法的人，他的思想觀念上充滿著矛盾。他具有樸素的民本意識，有對於現實社會的不滿，他的這種不滿僅只表現在對於貪官污吏和霸道的土豪劣紳的痛恨上，但對於封建社會制度和最高的統治者卻存有幻想、抱著忠誠。對於科舉制度他一方面有著不滿、持著批判態度，而這批判卻更多地指向不公正的考官或他們的糟糕水準，卻對科舉考試本身抱著極大的熱情。

考場失意，對蒲松齡而言影響甚大。切身之痛，使他十分了解科舉的弊病，於是我們可以在《聊齋志異》中，看到不少描寫科舉的弊端，批判科舉、庸官「黜佳士而進凡庸」（語出卷十〈三生〉）。如卷一〈葉生〉一篇：

> 淮陽葉生者，失其名字。文章詞賦，冠絕當時，而所如不偶，困於名場。會關東丁乘鶴，來令是邑，見其文，奇之，召與語，大悅。使即官署，受燈火，時賜錢穀恤其家。值科試，公游揚於學使，遂領冠軍。公期望綦切，闈後，索文讀之，擊節稱歎。不意時數限人，文章憎命，榜既放，依然鎩羽。生嗒喪而歸，愧負知己，形銷骨立，癡若木偶。公聞，召之來而慰之；生零涕不已。公憐之，相期考滿入都，攜與俱北。生甚感佩。辭而歸，杜門不出。無何，寢疾。公遺問不絕，而服藥百裹，殊罔所效。

十九　詳見張元〈柳泉蒲先生墓表〉，據朱一玄《聊齋志異資料匯編》轉錄，頁二八五。

深刻描繪出士子自負於文才卻名落孫山的愁與恨。又如卷八〈司文郎〉、卷九〈王子安〉、卷九〈于去惡〉、卷十〈賈奉雉〉、卷十〈三生〉等數篇文章中，蒲松齡以各種不同的角度顯示科舉考試的重大缺失：真正有才能的人名落孫山，不學無術、胸無點墨的人反而金榜題名，也道出許多書生十年寒窗卻未能天下知的心酸和血淚。而在卷十〈素秋〉這一篇章裡，更是描寫一位原本對功名毫無興趣的異類少年，在一次科舉中第之後，反而像上癮似的，在名利的誘惑下，將功名看作生命，最後竟因科舉落榜失意而死。從這些生前死後都無法擺脫科舉制度陰影的書生身上，我們可以強烈感受到蒲松齡對科舉制度的批評和諷刺。

二、社會背景

文學作品不能獨立於社會生活之外。《聊齋志異》以鬼狐故事象徵人世，映照真實的社會百態，折射出現實生活的種種。因此，對於當時的社會背景，我們就不能不先有番認識。

（一）自然災害

明末的天災地變，到了清朝仍未平息，其中尤以山東境內最為嚴重。當時山東一帶的天然災害，除了水災、旱災之外，還有蝗災、地震……等。這些自然災變影響農事甚大，當時的百姓多半仰賴農耕維生，遇上不絕而來的天災，其生活之困苦可想而知。身為山東人，親眼目睹、耳聞災情的蒲松齡，除了在他編寫的《農桑經》和許多詩作當中反映這些災情外，在《聊齋志異》一書中亦可看到對這些天災地變的描述。

如卷三〈小二〉寫蝗災：「適蝗害稼，女以紙鳶數百翼放田中，蝗遠避，不入其隴，以是得無恙。」卷四〈柳秀才〉亦寫蝗災：「明季，蝗生青兗間，漸集於沂，沂令憂之。……後蝗來飛蔽天日，竟不落禾田，盡集楊柳，過處柳葉都盡。」卷九〈張不量〉寫落雹：「賈人某至直隸界，忽大雨雹，伏禾中。」卷十二〈雹神〉更是詳盡描述落雹情形：「既而升車東行，則有黑雲如蓋，隨之以行。簌簌雹落，大如綿子。」此外，書中更有些篇章是記載真實災害事件，將發生的時間及災害的情形詳盡記錄了下來，如卷八〈夏雪〉則寫康熙四十六年（西元一七〇七年）夏日大雪的奇景：

> 丁亥年七月初六日，蘇州大雪，百姓皇駭，共禱諸大王之廟。……丁亥年六月初三日，河南歸德府大雪尺餘，禾皆凍死。

另如卷二〈地震〉一文描述得更是詳盡：

> 康熙七年六月十七日戌刻，地大震。余適客稷下，方與表兄李篤之對燭飲。忽聞有聲如雷，自東南來，向西北去。眾駭異，不解其故。俄而几案擺簸，酒杯傾覆，屋梁椽柱，錯折有聲。

相顧失色。久之，方知地震，各疾趨出。見樓閣房舍，仆而復起，牆傾屋塌之聲，與兒啼女號，喧如鼎沸。人眩暈不能立，坐地上，隨地轉側。河水傾潑丈餘，雞鳴犬吠滿城中。踰一時許，始稍定。視街上，則男女裸體聚，競相告語，並忘其未衣也。後聞某處井傾仄，不可汲，某家樓臺南北易向，棲霞山裂，沂水陷穴，廣數畝。此真非常之奇變也。

有邑人婦，夜起溲溺，回則狼啣其子。婦急與狼爭。狼一緩頰，婦奪兒出，攜抱中，狼蹲不去。婦大號，鄰人奔集，狼乃去。婦驚定作喜，指天畫地，述狼啣兒狀，己奪兒狀。良久，忽悟一身未著寸縷，乃奔。此與地震時男婦兩忘者，同一情狀也。人之惶急無謀，一何可笑！

這些都是蒲松齡針對當時社會的實際災害狀況所作的適度反映。

（二）經濟

蒲松齡長期生活在民間，平民百姓所過的日子，他都是親身經歷過的，深能體會民心民情，因此，《聊齋志異》於詼詭荒怪中對現實生活也有多方面的反映。例如，蒲松齡長期身處農村，他理想的愛情藍圖之一便有「四十畝聊足自給，十畝可以種黍，織五匹絹，納太平稅」（卷六〈細侯〉）的類型，除了反映農民生活及一般黎民的理想外，從中也可看出苛政嚴稅對百姓生活造成的重擔。

蒲松齡的父親曾有棄儒經商的經歷，於是經商之道也引入《聊齋志異》書中。卷十一〈白秋練〉一文中，女主角白秋練便因「有術知物價」才得以被經商的公公接受；同卷〈黃英〉中的男主角馬子才能過得安逸美好的生活，全歸功於妻子黃英的善於經營……，諸如此類的情節在《聊齋志異》中時而可見。學賈的慕蟾宮和白秋練乃是出於對詩的共同喜好而結為夫妻；馬子才和黃英也是因同具陶淵明式的情趣得以聯姻。蒲松齡通過獨特的構思，將愛情、經商和詩意的生活融為一體，完整表現出作者的志趣，也展現了作者獨創的巧思。

此外，蒲松齡還常賦予女主角維護家門、經營家計的能力，將悱惻的愛情婚姻和人身安全、物質生活緊密地聯繫起來，反映了動亂時代尋常百姓希冀安定的心理。如卷九〈張鴻漸〉中塑造了兩名女性人物，張妻方氏獨立持家多年，負起教養後代之責；狐女舜華則以她身為異類的法力解救情人張鴻漸。兩名女性角色的作用，充分表達了不能自保的人民之幻想。

（三）風俗習慣

蒲松齡《聊齋志異》的寫作，與民風習俗也有所關聯。明末清初是迷信鬼神昌熾的時代，蒲松齡的家鄉又屬農業社會，豆棚瓜架，談笑為樂，自然以炫奇動聽為勝。此外，北方民間一方面普遍崇信狐仙，一方面又對其極為疑忌，因此故事中常以鬼狐怪異故事為鋪陳對象。蒲松齡身處此種環境，刻意傾聽採集這類資料，再運用個人豐富的想像力，以生花妙筆交織成書。

《聊齋志異》記載的內容大多與山東有關，許多真實（或虛構？）故事的發生地點甚至就在他居住的淄川境內。唐夢賚為《聊齋志異》作序時，就提到書中所記之事「凡為余所習知者，十之三四」[二十]，足見當時說鬼談狐風氣之盛。在〈聊齋自誌〉中蒲松齡就曾這麼說過：

才非干寶，雅愛搜神；情類黃州，喜人談鬼。聞則命筆，遂以成編。久之，四方同人，又以郵筒相寄，因而物以好聚，所積益夥。[二十一]

可見得這些故事不僅培養了蒲松齡對靈跡怪異的興趣與愛好，也為他的創作提供了現成的素材，為《聊齋志異》書中鬼狐怪異之事奠定基礎。

《聊齋志異》中除了寫到北方信狐仙外，還多次寫到吳中信五通神、江漢信蛙神的情況，如卷十〈五通〉描寫百姓信仰五通神至荒誕地步：

南有五通，猶北之有狐也。然北方狐祟，尚百計驅遣之；至於江浙五通，民家有美婦，輒被淫占，父母兄弟，皆莫敢息，為害尤烈。

篇中主角趙弘之妻被姦淫，趙弘知為五通神所為，竟「不敢問」，荒誕至極。又如卷十一〈青蛙神〉則描寫到：

二十　唐夢賚與蒲松齡是淄川同鄉，故蒲松齡所寫的淄川故事，唐夢賚多半也知悉。詳見蒲松齡著，張友鶴輯校：《聊齋誌異》會校會注會評本所收錄的各本序跋題辭，頁五。

二十一　詳見蒲松齡著，張友鶴輯校：《聊齋誌異．聊齋自誌》，頁一—二。

江漢之間，俗事蛙神最虔。祠中蛙不知幾百千萬，有大如籠者。或犯神怒，家中輒有異兆；蛙遊几榻，甚或攀緣滑壁不得墮，其狀不一，此家當凶。人則大恐，斬牲禳禱之，神喜則已。

顯示出江浙及江漢一帶的迷信風氣之盛。其他如卷一〈考城隍〉中關羽參與陰司官員的考核、卷十二〈公孫夏〉中關帝巡視冥土、卷十二〈桓侯〉的張飛買馬宴客，都可看出《三國演義》影響清代民俗，而蒲松齡又將這種民俗傳說運用到《聊齋志異》裡。至於卷十一〈齊天大聖〉寫閩之商人先是不信孫悟空為神靈，後因招致病災，改信孫悟空而獲利的故事，蒲松齡的主要目的則是諷刺世間濫信神祇的陋俗。另如卷六〈跳神〉寫山東一帶民間有病不問醫，而良家婦女樂於求神問卜，形成一種所謂「跳神」的習俗。一般滿洲婦女竟騎假虎假馬，以決小疑，名之為「跳虎神」。卷六〈雲翠仙〉寫泰山一帶「跪香」的風氣：

岱，四月交，香侶雜沓，又有優婆夷、塞，率男子以百十，雜跪神座下，視香炷為度，名曰「跪香」。

除指出當時的風俗習慣外，也可看出一般男女的社交生活。另外，在卷二〈嬰寧〉、〈阿寶〉兩篇，提到清明節及上元節，民間婦女結隊出遊的熱鬧情景。卷十一〈晚霞〉則可窺悉江南吳越一帶端陽佳節龍舟競渡的盛況。從上述這些描寫都可看出民俗信仰對《聊齋志異》的滲透。

三、思想背景

（一）儒道思想

滿清入主中國以後，直到康熙三年（西元一六六四年）才最終統一全國。在此漫長的統一過程中，明末清初的漢人絕大多數是採取了雙重的人生態度：一方面是抗清反滿的遺民態度，另方面則是在高壓之下對於清統治者的臣服；在士人方面，這兩種態度更為明顯。清初文人集社之多和統治者大興文字獄應該是對此的明確註釋；而錢謙益（西元一五八二—一六六四年）等士人依違於仕清與自以為恥的自我矛盾中，又是比較典型的表現。正是在這樣較普遍的社會意識下，清統治者很快地恢復了明代的社會統治思想和一些統治措施。當然，這也與滿清民族的漢化有密切的關係。在清初思想、政治和文化上恢復明朝的舉措中，最為注重的是恢復程朱理學的思想統治地位和實行科舉考試。事實上，對於統治中國古代士人而言，沒有什麼能比這兩種方式更有效且深刻。

滿清統治者在恢復程朱理學的思想統治地位層面做了不遺餘力的努力。康熙皇帝（西元一六五四—一七二二年）素來喜好程朱，十分推崇理學；居常講論，無不以朱熹（西元一一三〇—一二〇〇年）之學為正宗。御旨編纂《性理精義》，重刊了明代的《性理大全》、《朱子全書》並頒行全國；執行了「表彰經學，尊重儒先」、「一以孔孟程朱之道訓迪磨厲」的文化政策；優寵理學名士，選任理學家出仕為官。僅康熙十七年（西元一六七八年）的詔舉博學鴻儒，備顧問著作之選，就羅致天下名士學者一百四十三人，總康熙一朝，因理學卓著而或備受皇帝禮遇、或致顯位的士人為數甚多：前者如徐乾學、徐元文、李光地；後者如湯斌、熊賜履、張伯行等。[二十二]經過上述統治方面的努力，清初社會就形成了以振興程朱理學為特徵的社會思潮。

而蒲松齡出生在書香世家，自幼聰穎，致力舉業，對於傳統詞章的成就不凡。趙起杲在〈青本刻聊齋志異例言〉中認為：「其事則鬼狐仙怪，其文則莊、列、馬、班，而其義則竊取春秋微顯志晦之旨，筆削予奪之權。」[二十三]但明倫的序也說：「典奧若尚書，名貴若周禮，精峭若檀弓，敘次淵古若左傳、國語、國策……。」[二十四]可見蒲松齡對傳統典籍的修養十分淵博，受儒家思想的影響亦如同幾千年來的士人一般，《聊齋志異》一書中就時常流露出儒家式的仁義道德觀念。

蒲松齡於諸子百家、經史子集，無不涉獵。除了儒家思想外，蒲松齡尤愛讀《莊子》、《列子》、《史記．游俠列傳》、《李太白集》，甚至在擔任塾師時，還親自選編《莊子》、《列子》以教授門人。這些作品神奇瑰麗的想像、馳騁縱橫的文筆，給予蒲松齡深刻的影響，成為滋養了蒲松齡《聊齋志異》的養分。

二十二　詳見趙吉惠等主編：《中國儒學史》（中州：中州古籍出版社，一九九三年），頁七八九—七九二。

二十三　詳見蒲松齡著，張友鶴輯校：《聊齋誌異》會校會注會評本所收錄的各本序跋題辭，頁二七。

二十四　詳見蒲松齡著，張友鶴輯校：《聊齋誌異》會校會注會評本所收錄的各本序跋題辭，頁一九。

（二）新思潮

隨著城市商業經濟的發展，平民階層崛起，浪漫主義抬頭，明代中晚期開始流行一股重視欲望人情的現象，對傳統禮教產生衝擊。對於這種突出欲望人情的傾向，一般的成說大致是以李贄（西元一五二七—一六〇二年）的童心說為中心。所謂的「童心」，李贄這麼解釋：

> 夫童心者，真心也。若以童心為不可，是以真心為不可也。夫童心者，絕假純真，最初一念之本心也。若失卻童心，便失卻真心；失卻真心，便失卻真人。人而非真，不全復有初矣。[二十五]

主張追尋「純」、「真」的本心，要求還原人本來的性情，「希望藉著本心的澄淨，澄清志慮的雜質，甚至突破色相的執著，以趨純一的化境。」[二十六]又如，在《聊齋志異》男女自由婚戀的篇章中亦處處得見自李贄以降尊情尚性的思潮，將「情」理想化，甚至提到本體論的高度，強調「情」的決定作用。如李贄將性、情合論：

二十五 詳見李贄著：《焚書・童心說》（台北：河洛圖書出版社，一九七四年五月），頁九八—九九。

二十六 陳清輝認為李贄「童心說」所強調的「純假純真，最初之一念本心也」追求的正是「棄絕假人假事，……剝離人心的塵垢與熏染，希望藉著本心的澄淨，澄清志慮的雜質，甚至突破色相的執著，以趨純一的化境。」。詳見陳清輝：〈李贄「童心說」微旨初探〉，《國立僑生大學先修班學報》第五期（一九九七年七月），頁一五〇。

> 蓋聲色之來，發於情性，由乎自然，是可以牽合矯強而致乎？固自然發於情性，則自然止乎禮義，非情性之外復有禮義可止也。[二十七]

即是「以情性為體，禮義為用」，將天理人欲「賦予其一應當之地位，凡是順其自然流行之情，皆合於良知」[二十八]。李贄之後，又有馮夢龍（西元一五七四—一六四二年）的「情教說」。馮夢龍對「情」的解釋以男女之愛為主，追求精神與肉體合一的真情，以「情癡」為情的極致表現。情的作用廣及萬事萬物，能於主動無形中化性感人，為生命價值完成之所在。馮夢龍藉「情」以「融諧人我關係的價值觀念，將情置於人類思考與行為機制的頂層，取代以僵化不通的禮法之『理』。」[二十九]「情教說」通過情的完全發用，融洽人我關係，最後達到社會的真善美境界。

明清以降的尊情尚性思潮，在《聊齋志異》一書中醱酵，我們時而可見蒲松齡還原人物角色本來的性情，或賦予情癡的設計，如卷二〈阿寶〉中的孫子楚，因癡情而被名為「孫痴」；卷十一〈石清虛〉中則有「石痴」。在卷十〈素秋〉這篇章中，蒲松齡甚至以男主角俞慎的一段話：「禮緣情制，情之所在，異族何殊焉」來表達自己的思想：情是禮（理）之本，禮（理）當受到情的規範。情、

二十七　詳見李贄著：《焚書．論律膚說》，頁一三三。

二十八　詳見蕭義玲：〈李贄「童心說」的再詮釋及其在美學史上的意義〉，《東華人文學報》第二期（二〇〇〇年七月），頁一八〇。

二十九　詳見林玉珊：《馮夢龍「情教說」之研究》（台中：國立中興大學中國文學系碩士論文，二〇〇〇年八月），頁二三一。

欲、理三者的複雜關係，在《聊齋志異》書中不時可看到作者的交相辯證。

此外，一方面因為傳統綱常理論出現裂痕，一方面因為婦女經濟地位上昇[三十]，婦女解放思潮在明末清初出現萌動，主要表現在下列幾個層面：

1、主張男女平等——自周代以來的「乾男」凌駕於「坤女」之上的思想觀念，明清思想家從不同的角度進行抨擊，如顏元（西元一六三五—一七〇四年）反對賤視婦女，肯定人之真情至性；唐甄（西元一六三〇—一七〇四年）反對暴妻，以為夫妻關係應是相敬相愛、和睦平等的；馮夢龍申斥溺女陋俗，認為養兒應該以孝逆論，而不以男女別。

2、主張婦女婚姻自由——封建社會中，婦女的婚姻決定在父母之命、媒妁之言；同時，明清以來統治者動用法律形式褒揚節烈婦女，變相要求女性守貞節。對此一不合人情的封建禮教觀念，不少思想家、文學家都予以猛烈批判。例如戲曲家湯顯祖（西元一五五〇—一六一六年）藉《牡丹亭》歌頌女性對愛情的主動追求、對美滿婚姻的渴望。

三十　明清之際資本主義萌芽，李國彤以為「在資本主義生產關係萌芽最早的紡織業中，婦女無疑是一支重要力量。明清兩代松江之布，號稱衣被天下，其中大部分是女工生產的。《松江府志》……、《閩書》……，這些記載說明了婦女在早期被視為資本主義萌芽時期的紡織業中占有重要地位。」而婦女在經濟生產中的地位變化，又導致文化傳統中女教思想產生變化，使民間非正統的教女準則逐漸抬頭。詳見李國彤：〈明清之際的婦女解放思想綜述〉，《近代中國婦女史研究》第三期（一九九五年八月），頁一五五—一五六。

3、主張提倡女子才學——儘管傳統社會主張女子應有德無才，以婦人之見為短，羈絆女性施展才華，但不少明清思想家、文學家都對此深表不滿。如李贄在〈答以女人學道為見短書〉中駁斥此種謬論時，就曾說過：「謂人有男女則可，謂見有男女豈可乎？謂見有長短則可，謂男子之見盡長，女子之見盡短，又豈可乎？」[三十一]婦人之見識不一定短淺，即便真的短淺，也是肇因於「婦人不出困城的」傳統禮教束縛，而非婦女本身素質較男性差。明末清初的才子佳人小說，作家們更是將女性之才提昇到婚姻的必備條件，以構成兩性均具才、色的婚姻模式。而「才」的內涵，也不僅僅限於詩文之才學，更遞進至軍事之才、經商之才、科舉之才等廣義的「才能」。

明末清初婦女解放思潮並非無源之水，而是基於大環境的社會經濟、思想文化，對傳統封建中的女教主流思想進行反動。儘管明清以來禮教桎梏女性仍深，但這股反動思想對蒲松齡的創作影響不可不謂深鉅！在《聊齋志異》書中，我們的確看到了不少應和婦女解放的觀點。

（三）宗教思想

蒲松齡年輕時志得意滿地競逐科場，自然以儒家為思想主流，但他長期生活在農村，多種民俗信仰、多神崇拜思想雜糅在一起，他受佛、道思想的影響亦深。因而《聊齋志異》也不時出現與佛道宗教相關之事，流露出蒲松齡個人的宗教思想。

三十一　詳見李贄著：《焚書》，頁五九。

清初各個皇帝多半好佛，喜結交佛門高僧，且「出於統治的需要，對佛教也極為推崇。」[三十二]受此影響，蒲松齡個人多少也接觸佛家思想，對佛教教義有所了解，在《聊齋志異》中時常論及冥界及果報思想。所謂的「幽冥世界」，乃佛教在宣揚佛法時經常提及，其目的在於讓一般百姓相信幽冥世界與西方淨土是真實存在，並進而信仰佛教以得到救贖。觀蒲松齡文意，主要目的並不在於為佛教宣傳，而是因為在清朝，佛教已成為平民百姓普遍接受的一種宗教，蒲松齡希望藉由冥界及果報觀念勸人為善，以矯正當時浮華不善的社會風氣。如卷十一〈某甲〉、卷十二〈果報〉中一再出現的現世報。

而儘管「清代諸帝除雍正外，不大重視道教，沒有出現明代嘉靖皇帝那樣的道教狂熱貴族信徒，道教與清廷的關係也比較冷淡。」[三十三]然而，道教在中國民間流傳已久，影響甚深，蒲松齡不可免俗地也多少受到浸淫。

道教匯集古代民間信仰與神仙傳之大成，追求生命永恆。道教中的道士角色是由巫覡與方士而來，藉由服食煉丹等種種道術想躋身神仙之列。受此影響，《聊齋志異》一些篇章中，時而出現道士、符咒、巧遇仙人、服食仙藥，或超形成仙及鬥法的故事內容。在蒲松齡筆下，道士大都是扶危

三十二 詳見陳慶紀：〈從《聊齋志異》看蒲松齡宗教觀的價值取向〉，《蒲松齡研究》二〇〇一年二期（二〇〇一年六月），頁九六。

三十三 詳見牟鐘鑒、張踐著：《中國宗教通史》下冊（北京：社會科學文獻出版社，二〇〇〇年一月），頁八六九。

助弱、善良仁慈的人物，較少出現「惡道士」的形象。如卷八〈醫術〉中的道士善風鑒，幫助貧民行醫致富；卷一〈種梨〉中的道士作法術懲治吝嗇的賣梨人。

另一方面，原始民族相信萬物的生命是相通的，人類的生命不僅與其他非人類的生命相通無礙，而且所有生命的層次也無高下之分。神話中非人類與人類互變的記載，即基於這種素樸的信仰。但隨著時代漸進，人類的意識高張，將人類與非人類之間的關係對立起來，某些教義遂認為精怪變形的目的是吸取人的精氣，以加速本身的成仙之道。受到道教此種觀念和魏晉六朝志怪傳說的影響，《聊齋志異》中除了大量描寫人類與異類相戀的美好故事外，也出現一些變形鬼妖害人的情節，如卷一〈畫皮〉中先是化身麗人魅惑王生，後「裂生腹，掬生心」的獰鬼；同卷〈賈兒〉中化人形媾於婦人，致使婦人瘋癲的惡狐。

第三章　理想與批判——女性角色塑造的內涵

女性角色是《聊齋志異》全書描繪最成功的地方之一，蒲松齡傾注全力塑造出一個個迥然不同的女性形象，且依其評判準則將這些形象標明了正向與負向。本章首先針對書中的正向與負向女性角色之形象特質做一分析，解析其塑造意涵。進一步探究蒲松齡對女性在形象、角色特質上抱持的觀點為何。

第一節　正面女性的角色特質之分析

由母系社會進入父權宗法社會之後，女權已日漸低落。傳統中國向來以儒家思想為中心，諸經書以陰陽尊卑、三從四德、七出等來規範女性生活。如《周易．繫辭》即言：「天尊地卑，乾坤定矣。」[一] 又言：「家人，女正位乎內，男正位乎外；男女正，天地之大義也。……夫夫，婦婦，而家

一　詳見王弼、韓康伯注，孔穎達等正義：《周易．繫辭》（台北：藝文印書館，一九九七年八月），頁一四三。

道正，正家而天下定矣。」[二]生男「載弄之璋」、「載寢之床」，生女則「載弄之瓦」、「載寢之地」[三]。《禮記·郊特牲》有言：「婦人，從人者也。幼從父兄，嫁從夫，夫死從子。」[四]班固《白虎通·嫁娶》：「陽倡陰和，男行女隨。」這些規範不僅是掌權的男性所訂定的，甚至連女性自身亦深深認同這樣的觀點並加以宣揚之，如班昭撰《女誡》一書以教化婦女思想，她說：

> 陰陽殊性，男女異行。陽以剛為德，陰以柔為用；男以強為貴，女以弱為美。鄙諺曰：「生男如狼，猶恐其尪；生女如鼠，猶恐其虎。」（敬慎第三）[五]

這些禮法典教將男女兩性在人格、精神、氣質上的「強／弱」、「尊／卑」之分，規範得清清楚楚，甚至明文規範婦女於言行舉止上的細節，如班昭《女誡》即針對《禮記·昏義》中傳統女性四德「婦德、婦言、婦容、婦功」[六]加以詳解：

二　詳見王弼、韓康伯注，孔穎達等正義：《周易·家人》，頁八九。

三　毛公傳，鄭玄箋，孔穎達疏：《詩經·小雅·斯干》：「乃生男子，載寢之床，載衣之裳，載弄之璋；其泣湟湟，朱芾斯皇，室家君王。乃生女子，載寢之地，載衣之裼，載弄之瓦；無非無儀，惟酒食是議，無父母詒罹。」（台北：藝文印書館，一九九七年八月），頁三八七—三八八。

四　詳見鄭玄注，孔穎達等正義：《禮記·郊特牲》（台北：藝文印書館，一九九七年八月），頁五〇六。

五　詳見班昭《女誡》，范曄著，楊家駱主編：《後漢書·卷八十四·列女傳七十四·曹世叔妻》新校本（台北：鼎文書局，一九八五年四月），頁二七八八。

六　詳見鄭玄注，孔穎達等正義：《禮記·昏義》，頁一〇〇二。

夫云婦德，不必才明絕異也；婦言，不必辨口利辭也；婦容，不必顏色美麗也；婦功，不必工巧過人也。（婦行第四）[七]

《禮記．內則》亦云：

凡婦，不命適私室，不敢退。婦將有事，大小必請於舅姑。子婦無私貨、無私畜、無私器；不敢私假，不敢私與。[八]

這些婦女指南旨在告訴歷代女性什麼可以做、可以言；什麼不可做、不可言。因此，所謂「婦女美德」的實踐，不在於個人精神的境地，不在於個人生命的超越，而在於她能「認清女性的位階，確認父權社會為她畫定的框界在何處」[九]。

蒲松齡的《聊齋志異》成功地塑造了大量的女性形象，「所寫女子各各不同」、「各盡其妙」[十]。

七　詳見班昭《女誡》，范曄著，楊家駱主編：《後漢書．卷八十四．列女傳七十四．曹世叔妻》新校本，頁二七九一。

八　詳見鄭玄注，孔穎達等正義：《禮記．內則》，頁五二二。

九　劉惠華認為「婦女的『德』是指她是否柔順，是否言行合儀，不致貽羞家庭，損害其父其夫的利益。因此她實踐『婦德』的基礎，首要在認清女性的位階，確認父權社會為她畫定的框界在何處，她的德行之所以被讚揚，不是因為她做了什麼，而是她知道不能做什麼。」詳見劉惠華：《聊齋志異女性人物研究》，（台北：國立台灣大學中國文學研究所碩士論文，一九九七年六月），頁七五。

十　平子：〈小說叢話〉：「其中所寫女子各各不同，……各盡其妙，……。」《新小說》第一、一卷（一九〇三—一九〇四這些女性大多以正面的角色形象出現，無論在文中情節，或文末的「異史氏曰」，蒲松齡均給予肯定的展現或高度的評價。葉紹袁曾云：「丈夫有三不朽：立德、立功、立言；而婦人亦有三焉：德也，才與色也。」[十二]以下，本文將從「德、才、貌」三方面分析在《聊齋志異》一書中作者蒲松齡所肯定的正面女性形象特質為何。

一、正面女性婦德之展現

綜觀歷代經傳、女教所規範的女性品行，大抵不脫「貞節柔順」四字！《聊齋志異》因其創作時空背景條件所囿，作者所肯定的正面女性形象，基本上亦不離此一面貌。所謂「貞節柔順」主要展現在幾個面向。

（一）為人女者

卷十〈長亭〉是《聊齋志異》一書中少見的描寫翁婿之間矛盾衝突的篇章，正如同婆媳衝突總有個夾在之中為難的其子／其夫，在此一篇章中也有個夾在翁婿之間左右為難的女主角長亭。長亭是一個美麗聰慧的狐女，雖是異類，卻有著近似封建淑女的常人性格內涵。處於翁婿矛盾的中心，

年），據朱一玄《聊齋志異資料匯編》轉錄，頁五一三。

十二　詳見葉紹袁著：《午夢堂集．序》（北京：中華書局，一九九八年），頁二。

長亭很明顯地是選擇了「遵嚴命而絕兒女之情」，她受嚴父脅迫，兩次捨夫棄子，數年未歸。在情與理的矛盾中，長亭是屈從於理——亦即倫理孝道——的要求。雖然故事最後安排了長亭之父狐叟落難，得救於女婿石太璞之手，藉此讓長亭得以與石太璞相守，讓長亭得以兼顧情與理；然而，不可否認的是，假若沒有此一化解轉捩點，假若翁婿之間的衝突繼續延伸下去，毋庸置疑，長亭仍舊會依循封建禮教的要求行事，選擇犧牲自己的青春與幸福。

另如卷一〈青鳳〉中的狐女青鳳，從小失去父母，是由叔父養大成人。儘管叔父干涉青鳳與耿生相戀，致使兩人分離年餘，但青鳳以為此「乃家範應爾」，仍感念叔父的養育之恩，視他為父，在叔父有難時，祈求耿生出面相救，並希望耿生「以樓宅相假，使妾得以申返哺之私」。那樣賢淑豁達、通情達理的少女形象，莫怪蒲松齡的好友畢怡庵會「心輒向往，恨不一遇」[十二]。

（二）為人妻者

在卷六〈林氏〉故事中，蒲松齡描寫了一個「美而賢」的婦女林氏，對於林氏，蒲松齡在文末給予了相當高的評價，他說：「古有賢姬，如林者，可謂聖矣！」林氏究竟有何賢？竟然能得到蒲松齡如此高的評價，以「聖」稱之！

十二　卷五〈狐夢〉曾記載畢怡庵「每讀青鳳傳，心輒向往，恨不一遇」。詳見詳見蒲松齡著，張友鶴輯校：《聊齋誌異》會校會注會評本，頁六一八。

試看林氏之賢在於不喜丈夫狎妓的她，卻在自己為抗北兵侵犯，拔刀自刎，雖幸存「但首為頸所牽，常若左顧」，「自覺形穢」後，加之無法生育，而竟主動要求為丈夫納妾！遭其夫戚安期拒絕後，林氏非但未打消納妾念頭，反倒千方百計設法讓丈夫與婢女海棠同床，「騙」戚安期於「不自覺」的情況下與海棠「交而得孕」[十三]。海棠生下兩男一女後，林氏將孩子抱養在娘家，又順從丈夫之意安排妥當海棠。到了最後，在戚安期慨然嘆道「所闕者，膝下一點」時，林氏適時地讓子女曝光以「叩祝千秋」，然後迎回孩子的親娘——海棠，一夫二妻「偕老」。

由此可知，蒲松齡所稱道的「賢聖」，在於林氏能主動為丈夫求取子嗣，不擇手段只為傳承；又有泱泱氣度在自己的權力領域內，接納另一個女性——一個有長子可以威脅到其正室地位的女性，而這名女性甚至還是她親手挑選納入的！

又如卷九〈鳳仙〉一文，塑造的是另一種正面形象。鳳仙為一狐女，因「家中不貲」的丈夫劉赤水在三婿同聚的家宴上，遭父親以貧富為愛憎而怠慢時，她聲淚俱下唱了「破窰」一折，以警醒丈夫。「破窰」乃指元代雜劇《呂蒙正風雪破窰記》，寫丞相劉千金結彩樓拋繡球，選中了窮秀才呂

十三　戚安期是否真在不自覺的情況下與海棠「交而得孕」呢？關於此點，王金範（梓園）曾評道：「聊齋此篇，極意寫戚為林詐，余竊意林為戚詐也。」詳見蒲松齡著，張友鶴輯校：《聊齋誌異》會校會注會評本，頁七八七。馬瑞芳則認為「戚安期因為對妻子發過誓言，表面上不得不收斂過去的蕩行，卻把他漁色的行徑納入妻子求嗣的合法軌道中。」詳見馬振方主編：《聊齋志異評賞大成》第二冊（台北：建安出版社，一九九六年四月），頁五七一。

蒙正為婿，被父親趕出家門，夫婦同住破窰。最後，呂蒙正中狀元，父女始和好如初。鳳仙唱此戲，正暗指自己與劉赤水的遭遇如同那劇中人一般。鳳仙期望劉赤水也能像呂蒙正一樣，發憤讀書，為枕邊人爭一口氣。為使丈夫暫時拋卻兒女私情，專心投入書本中，她不惜忍受夫妻離別之苦，自己「伏處岩穴」。另一方面，她又藉一方魔鏡督促丈夫的學業：當劉赤水「閉戶研讀，晝夜不輟」時，鏡中鳳仙的影像正面相對，「盈盈欲笑」；若劉赤水「銳志漸衰，遊恆忘返」，則鳳仙背立鏡中，「慘然若涕」。於是劉赤水將象徵鳳仙的此鏡「朝夕懸之，如對師保」。如此兩年，終使劉赤水「一舉而捷」，再舉「登第」。鳳仙雖為狐女，但因「冷暖之態，仙凡固無殊」，其望夫攻書求名、發憤上進的心理，與常人無異。

對於這樣一個以狐仙手段來激勵丈夫，使丈夫最終求得功名的理想女性，蒲松齡在文末的「異史氏曰」中，他大聲疾呼：

「少不努力，老大徒傷」。惜無好勝佳人，作鏡影悲笑耳。吾願恆河沙數仙人，並遣嬌女婚嫁人間，則貧窮海中，少苦眾生矣。

可見蒲松齡是將鳳仙作為一個中下階層婦女的理想化形象來加以塑造的，他希望在人間能多一些像鳳仙這樣激勵丈夫讀書仕進的「仙女」（指有能力、有手段激勵丈夫攻書的婦女），換言之，能有更多的讀書人砥志奮進以亢宗蔭子。由此可知，蒲松齡著重女性在「功用性」上的價值，亦即身為一個妻子，她是否對丈夫有實質上的幫助——當然，此處所言乃針對攻書仕進方面而論。

（三）為人媳者

在卷十〈珊瑚〉一篇中，蒲松齡塑造了兩種完全不同的媳婦形象。其中，蒲松齡所稱道的，正是逆來順受的珊瑚。小說一開頭就介紹珊瑚「性嫻淑」，而珊瑚與婆婆沈氏的關係並不佳：

……生母沈，悍謬不仁，遇之虐，珊瑚無怨色。每早旦，靚妝往朝。值生疾，母謂其誨淫，詬責之。珊瑚退，毀妝以進。母益怒，投顙自撾。生素孝，鞭婦，母始少解。自此益憎婦。婦雖奉事惟謹，終不與交一語。

最後，書生安大成一句「娶妻以奉姑嫜，今若此，何以妻為」，於是休離珊瑚。珊瑚在被休離後，哭著說：「為女子不能作婦，歸何以見雙親？不如死！」並刺喉欲死，幸而靠著老婆子的搶救，暫居本族嬸娘王氏家中，後因沈氏得知前來責罵，珊瑚遂搬離王氏家中，轉而投靠素來待她良善的于媼。這于媼原是沈氏的姐姐，在沈氏被二媳婦臧姑「役母若婢」並因此「以鬱積病」後，于媼前來探望，並暫住安家。在暫住期間，于媼的「兒媳」不斷派人送來美味的食物，並讓小孫子帶著佳餚前來探病。對於于媼的「兒媳」，沈氏半是羨慕半是感歎：「賢哉婦乎」、「亟道甥婦德」。而談到自己的前任媳婦珊瑚，沈氏則認為「烏如甥婦賢」，甚至還說：「惟其不能賢，是以知其罵也。」

但當于媼勸導她「婦在，汝不知勞；汝怒，婦不知怨。惡乎弗如？」又告知：

> 當怨者不怨，則德焉者可知；當去者不去，則撫焉者可知。向之所饋遺而奉事者，固非予婦也，而婦也。……珊瑚寄此久矣。向之所供，皆渠夜績之所貽也。

沈氏這才恍然大悟，「慚痛自撻」，婆媳遂和好。故事的結尾，蒲松齡安排安大成與珊瑚「夫妻皆壽終。生三子，舉兩進士，人以為孝友之報云」。

全篇描寫的婆媳衝突（沈氏—珊瑚／沈氏—臧姑）現象，在封建社會裡是司空見慣，而蒲松齡在本篇著眼於倫理關係的透視、倫理道德的宣揚，遂塑造了集忠悌忠信於一身的珊瑚此一正面角色，將她化成一個「作者心目中具有高尚道德行為的活標本」[十四]，藉此進行子孝妻賢、逆來順受的說教。而故事中凶悍悖逆的二媳婦臧姑更是為了強化、突顯珊瑚的嫻淑而構思出來的反面形象，珊瑚受沈氏虐待而無怨懟／沈氏受臧姑奴役而以色笑承迎之，沈氏對珊瑚前倨後恭／臧姑對沈氏前倨

十四 李永昶提到「珊瑚出嫁後服從丈夫，孝敬婆婆是天經地義的，儘管婆婆百般挑剔，動輒打罵，珊瑚也總是逆來順受，委曲求全，從無半句怨言，更談不上什麼反抗了。相反，在珊瑚看來，不能討婆婆歡心，責任總在自己方面。後來當她被婆婆和丈夫趕出家門時，她也不做再嫁的考慮，而是耐心地等待婆婆回心轉意，並且想方設法地去討好沈氏。」對於這樣一個賢媳角色，李永昶認為「蒲松齡宣揚以德報怨，以仁報虐的思想，集忠悌忠信於珊瑚一身，使她成為作者心目中具有高尚道德行為的活標本。」詳見馬振方主編：《聊齋志異評賞大成》第四冊（台北：建安出版社，一九九六年四月），頁二〇二。

後恭，無一不是利用對比來突顯珊瑚令人稱善的賢媳形象。

而在其他篇章，如卷十一〈陳雲棲〉也塑造兩名侍奉婆婆甚孝，甚至陪伴婆婆下棋烹茶的媳婦。卷二〈聶小倩〉一文中，聶小倩初時雖是以「女兒」身分留侍寧母，但觀其「入廚下，代母尸饔」、「朝旦朝母，捧匜沿盥，下堂操作，無不曲承母志」，種種舉止，儼然是將寧母當成婆婆般奉待。寧母終是被小倩的孝心所感動，答應讓兒子寧采臣娶了她。

（四）為人母者

卷七〈細柳〉中的女主人翁細柳就是一個非常典型的賢母形象。其賢母形象並非傳統封建社會裡溫柔馴順的婦女，而是具備大智、大勇、大氣魄的女中豪傑。小說通篇描寫她侍夫理家、教子成材，但「真正使人物大放光彩的，是後半部分寫她訓子。」[十五]後半段寫細柳教子成材，著重表現其品德，又從品德中見其智慧與器識。

細柳做為一個後母、寡婦的身分，將她推至一個極艱難、極窘困的境地，蒲松齡藉此大肆表現細柳之大賢大德。身為長福的後母，又育有親生兒長怙，細柳之難為，在於對繼子親兒若稍有不公，便將引來眾論紛紛。但細柳教子有方，對於二子有著不同的教育方法。

十五　周先慎認為：「真正使人物大放光彩的，是後半部分寫她訓子。」詳見馬振方主編：《聊齋志異評賞大成》第三冊（台北：建安出版社，一九九六年四月），頁二五九。

首先，對待繼子長福，她「撫養周至」，長福對她亦十分依戀；但在父親高生死後，長福即「嬌惰不肯讀」，細柳先是加以「譙呵」、「繼以楚夏」，在長福惡習不改後，順其習性，讓他與「僕僮共操作」，甚至讓他「無衣」、「無履」，「冷雨沾濡，縮頭如丐」。最後，長福不堪其苦，於是棄家而逃，數月之後「乞食無所，憔悴自歸」，甘願受杖，懇求細柳讓他重拾書本。這種「置之死地而後生」[十六]的妙法，讓長福自此徹底悔悟，「勤身銳慮，大異往昔」。

再看細柳對待親生兒長怙，做法又有不同。長怙不若長福聰慧，愚鈍不能讀書，務農卻又「憚於作苦」，使學負販，竟「淫賭」成性。細柳利用他入洛陽遠遊的機會，給他假銀子，使其因此獲罪入獄，「為獄吏所虐，乞食於囚，苟延餘息」。細柳再派長福上洛陽解救長怙，長怙經歷此番死難之境，終「生其愧悔」之心，改掉其「浮蕩」之習性，「家中諸務，經理維勤」。

在細柳的嚴教之下，最後長福登第，考中功名；長怙經商，「殖累鉅萬」。

細柳採用不同方法教導二子，但都有「置之死地而後生」之妙。方法雖妙，卻是不易。以此法對待親生兒，細柳為人母之哀痛自是不言而喻；以此法對繼子，除傷痛外，更必須有著背負眾人責難的大忍之心。試看細柳自二子幼時對待兩人，即衣服飲食「輒以美者歸兄」，為的是不落人口實；

十六　但明倫評語：「此置之死地而後生之妙法也。」馮鎮巒亦評道：「絕大識見，韓信背水陣法，所謂置之死地而後生也。」將細柳教育長福之法，認定是狠心妙法，使長福徹底悔悟。詳見蒲松齡著，張友鶴輯校：《聊齋誌異》會校會注會評本，頁一〇二一。

但此番苦心，在她忍情對待長福時，終究還是引來鄰里的責難，「納繼室者，皆引細柳為戒」。她隱忍受辱，堅定不移，只是暗暗「淚溼衣襟」，直至派遣長福赴洛陽救長怙時，才忍不住說出其悲苦：「汝弟今日之浮蕩，猶汝昔日之廢學也。我不冒惡名，汝何以有今日？人皆謂我忍，但淚浮枕簟，而人不知耳！」這幾句話不但顯現其一片慈愛之心、一番悲苦之情，更展現其智慧與品德。莫怪蒲松齡給了細柳至高無上的評價：

> 而乃不引嫌，不辭謗，卒使二子一貴一富，表表於世。此無論閨闥，當亦丈夫之錚錚者矣！

另如卷八〈呂無病〉也塑造了一個慈母形象，同樣是對待非親生兒，侍妾呂無病將嫡子阿堅視如己出，在面對繼室王氏的悍妒霸道與虐待繼子，她一再地維護阿堅，甚至不惜犧牲生命以挽救阿堅。其母愛情深，義無反顧，即使她不符四德中的「婦容」[十七]，卻讓蒲松齡極力稱讚其賢慧。

二、正面女性才能之展現

清代前期流行「女子無才便是德」的觀念，對於這樣的觀念，歷來學者多半徵引陳東原《中國

十七　蒲松齡描寫呂無病的容貌是「微黑多麻」、長相「陋劣」。詳見蒲松齡著，張友鶴輯校：《聊齋誌異》會校會注會評本，頁一一一〇。

婦女生活史》的說法，認為此語出現在清人著作[十八]。然而這樣的論點已有學者證實是錯誤的，劉詠聰在她的著作裡考證說：

> 清初王相訂《女四書》，註解《女範捷錄》（《女四書》之一）中提到「女子無才便是德」一語時謂為「古人之言」；而馮夢龍《智囊全集》更早已指出「語有之：『男子有德便是才，婦人無才便是德』」了，可見明人著作中已有此語。

另外，劉詠聰也指出與馮夢龍同時的陳繼儒亦曾說過「女子無才便是德」這句話：

> 案陳氏原句作「男子有德便是才，女子無才便是德。」不過必須指出，嚴格來說這兩句話也不是陳繼儒自己說的，它被陳氏收錄在《安得長者言》一書中，而該書所錄，盡是他「少從四方名賢遊，有聞輒掌錄之」所輯存的，故此句話不過是陳氏引錄「長者」輩所言而已。[十九]

由此可知，早在清代之前便已有「女子無才便是德」這樣的觀念出現，而清代前期更是大盛，不少

十八　陳東原：「『女子無才便是德』這句話，……細考這句話的起源，並不是很早，最早亦不過在明末。因為清人的書裡，才見有這樣的話。」詳見陳東原：《中國婦女生活史》（台北：臺灣商務印書館，一九九〇年十二月），頁一八八。

十九　詳見劉詠聰：《德．才．色．權——論中國古代女性》（台北：麥田出版社，一九九八年六月），頁二〇〇—二〇一。另，劉詠聰的另一本著作《女性與歷史——中國傳統觀念新探》（台北：臺灣商務印書館，一九九五年一月）也針對「女子無才便是德」一語做過考證，見頁八九。

學者為避免女性「踰閑蕩檢」、「婦學不修」[二十]，大力反對女性吟詩作賦。

然而，在女性才德論這方面，我們明顯地可看出蒲松齡是持贊同女性應有才的看法。《聊齋志異》一書除了推崇女性之婦德外，也注意到並大肆宣揚女性的才能。蒲松齡所描寫稱道的女性才能是多方面的，並不局限於一般吟詩作賦的才華，主要可歸分為三大面向來看：

（一）詩畫琴棋之才華

《聊齋志異》一書中的男主角以文人儒生居多——尤其是在愛情篇章中。這些男性承襲著「中國古典愛情小說中才子佳人為重要模式之一，男子之才女子之貌為構成此類愛情必要條件」，幾乎都能吟會賦，並深自引以為豪。更甚者：

> 為突顯男女主角高人一等不同凡俗，通常男主角亦必容貌俊俏，女主角則通常為詩文兼著之才女，通過這些包裝才子更具魅力，佳人更令人傾心。[二十一]

二十　語出章學誠著，葉瑛校注：《文史通義校注》（北京：中華書局，一九八五年），頁五五四—五五五。

二十一　周正娟認為：「中國古典愛情小說中才子佳人為重要模式之一，男子之才女子之貌為構成此類愛情必要條件，為突顯男女主角高人一等不同凡俗，通常男主角亦必容貌俊俏，女主角則通常為詩文兼著之才女，通過這些包裝才子更具魅力，佳人更令人傾心。」詳見周正娟：《《聊齋誌異》婦女形象研究》（台中：私立東海大學中國文學研究所碩士論文，一九九五年六月），頁八五。

針對女性「詩文兼著」的包裝特質，黃蘊綠也提到明清以來：

才子佳人小說對傳統「郎才女貌」的男女相配標準做了改動，添加了新的特質，即佳人除了美貌之外，還要有「才」，方能與才子的才、貌相匹配，在才人小說中，視「郎兼女色，女擅郎才」為人人稱羨的「風流佳話」。[二十二]

才子佳人在對佳人形象的塑造上，除了容姿超絕是必要條件外，還賦予佳人許多其他條件，最獨特的就是「才」，才子佳人小說中對男女主角的設計是「郎兼女色，女擅郎才」，佳人具有同才子一般吟風弄月、詩詞唱和的文才。[二十三]

在「郎兼女色，女擅郎才」[二十四]這方面，蒲松齡主要承襲了後者。雖未像一般才子佳人小說的作者一樣，讓筆下的女主角以大量的詩文展現其詠絮之才，或刻意強調女主角的「才女」身分，然而《聊齋志異》一書中的女性確實也是有著吟詩作對之才。

卷三〈連瑣〉即是一則喜吟弄風雅的女鬼與齋房夜讀的書生之間的愛情篇章。男主角楊于畏與

二十二 詳見黃蘊綠：《明末清初才子佳人小說中的佳人形象》（台北：私立淡江大學中國文學系碩士班碩士論文，一九九七年五月），頁二五。

二十三 詳見黃蘊綠：《明末清初才子佳人小說中的佳人形象》，頁九。

二十四 詳見天花藏主人：《玉嬌梨．序》（北京：華夏出版社，一九九五年），頁二。

女主角連瑣之相遇正是結緣於詩。楊于畏於書齋夜讀，在幽悽氛圍中，忽聞牆外有人吟詩：「玄夜淒風卻倒吹，流螢惹草復沾幃。」楊于畏「心向慕之」。一夜，待連瑣吟畢，便續其詩曰：「幽情苦緒何人見？翠袖單寒月上時。」連瑣此時方知楊于畏「固風雅士」，一改先前「多所畏避」之態度，入室告罪。又自述身世，原來所吟之詩乃「寄幽恨」之作，「思久不屬，蒙君代續，懽生泉壤。」二人之情愫遂因吟詩而生。在二人交遊過程中，楊于畏本欲與之交歡，但連瑣自知「夜臺朽骨，不比生人，如有幽懽，促人壽數。」因「不忍禍君子」而婉拒楊于畏之求歡，只肯「與談詩文」。

試看文中描寫連瑣之才華：

> 既翻案上書，忽見〈連昌宮詞〉，慨然曰：「妾生時最愛讀此。今視之，殆如夢寐！」與談詩文，慧黠可愛，翦燭西窗，如得良友。
>
> 女每於燈下為楊寫書，字態端媚。又自選宮詞百首，錄誦之。使楊治棋枰，購琵琶，每夜教楊手談。不則挑弄絃索，作「蕉窗零雨」之曲，酸人胸臆；楊不忍卒聽，則為「曉苑鶯聲」之調，頓覺心懷暢適。挑燈作劇，樂輒忘曉。

透過這些描述，一個多才多藝，熟於吟風弄月的才女形象便展現在讀者眼前了！甚至，在小說中，琴棋書劇這些風雅情事，還是連瑣帶領本不善其事的楊于畏去領略的！楊于畏之才，在制藝時文，以應科考；而連瑣之才，則在琴棋書劇等陶冶性靈之才。

又如卷十一〈白秋練〉一篇，較之〈連瑣〉，其風雅有過之而無不及，通篇「以詩之情、詩之用貫穿全文」[二十五]。女主角白秋練慧而多情，耽愛清吟，她聽到慕蟾宮吟的詩後相思成疾，母親把她送到慕蟾宮身邊，她含情脈脈地請求慕蟾宮為她吟詠崔鶯鶯所做的「為郎憔悴卻羞郎」那首詩[二十六]，聽了之後就可以歡笑，慕蟾宮再吟兩遍王建的詩[二十七]，她就痊癒了。白秋練與慕蟾宮正是因「執卷吟詩」而生情，亦藉詩傳情，她在慕蟾宮的身上找到志趣的共鳴，於是進而結成夫婦。

白秋練之愛詩，不僅用在療己情病，還應用在卜運的方面。她卜得李益〈江南曲〉：「嫁得瞿塘賈，朝朝誤妾期。早知潮有信，嫁與弄潮兒。」推知賈商的慕父即將來到，恐成為兩人之間的阻礙；慕蟾宮卻以首句「嫁得瞿塘賈」是吉兆，來勸慰白秋練。另外，詩也可用來以為相會之約——慕蟾宮待父外出即高吟詩句，白秋練即至。詩也可用來為醫人之藥——白秋練吟「楊柳千條盡向西」[二十八]、唱「菡萏香連十頃陂」[二十九]，使慕蟾宮「沉痾若失」，起死回生。詩也成為巫醫儀式——白秋練平日需飲湖水，一次，青黃不接時，白秋練奄然欲斃，仰賴慕蟾宮「於卯、午、酉三時，一吟杜甫〈夢

二十五 劉惠華指出〈白秋練〉一篇「以詩之情、詩之用貫穿全文，邂逅歡悅、性命生死全以詩串聯，巧妙雅致。」詳見劉惠華：《聊齋志異女性人物研究》，頁一一八。

二十六 崔鶯鶯：「自從消瘦減容光，萬轉千迴懶下床，不為旁人羞不起，為郎憔悴卻羞郎。」

二十七 王建〈宮詞〉：「羅衣葉葉繡重重，金鳳銀鵝各一叢。每遍舞時分兩向，太平萬歲字當中。」

二十八 劉方平〈代春怨〉：「朝日殘鶯伴妾啼，開帘只見草萋萋。庭前時有東風入，楊柳千條盡向西。」

二十九 皇甫松〈采蓮子〉：「菡萏香連十頃陂，小姑貪戲采蓮遲。晚來弄水船頭濕，更脫紅裙裹鴨兒。」

李白〉詩三十，死當不朽。候水至，傾注盆內，閉門緩妾衣，抱入浸之，宜得活。」後白秋練果真復活。〈白秋練〉以詩之情、詩之用貫串全文，不僅展現女性飽讀詩學的風雅之才，更使全篇充滿一種高雅妙趣的情調。

然而，蒲松齡筆下的才女，也不全然是吟風弄月之才，更有不櫛進士！卷六〈顏氏〉即塑造了一位可說是《聊齋志異》全書中最富才學的女性——顏氏。顏氏乃「名士裔也」，少而聰慧，「父在時，嘗教之讀，一過輒記不忘。十數歲，學父吟咏。父曰：『君家有女學士，惜不弁耳！』」顏氏的婚姻，是她自個兒擇取的，本是因緣際會相中某生的手翰，某生善尺牘，又是「翩翩一美少年」，遂託人為媒嫁給了某生。等到婚後，才發現「文與卿似是兩人」，原來某生僅善尺牘，對於制藝時文卻是不通。顏氏於是「朝夕勸生研讀，嚴如師友。斂昏，先挑燭據案自哦，為丈夫率，聽漏三下，乃已。」經過顏氏的督導，某生制藝詩文大有長進，只可惜兩次應試，兩次落榜，遂「嗷嗷悲泣」，顏氏見其如此，斥喝道：「君非丈夫，負此弁耳！使我易髻而冠，青紫直芥視之！」後與某生議定，代夫應試，果然該年科考，某生又落第，而女扮男裝的顏氏卻一路考中進士，仕進為官，「富埒王候」。顏氏之才已不限於女子吟風弄月，其才令人「讀其文，瞲然駭異」，其才讓她掙得御

三十　杜甫〈夢李白〉：「浮雲終日行，遊子久不至。三夜頻夢君，親情見君意。告歸常局促，苦道來不易。江湖多風波，舟楫恐失墜。出門搔白首，若負平生志。冠蓋滿京華，斯人獨憔悴。孰云網恢恢，將老身反累。千秋萬歲名，寂寞身後事。」

史之銜，榮及舅姑，其才更令蒲松齡稱美，直道「天下冠儒冠、稱丈夫者，皆愧死矣！」顏氏易裝讓世人——不分男女——認同了她的才學，且是置於男性的天平上去認同的！

除了文才，《聊齋志異》亦展現了女性其他方面的才藝。善歌舞琴曲者，如卷五〈綠衣女〉寫女主角綠衣女：

一夕共酌，談吐間妙解音律。于曰：「卿聲嬌細，倘度一曲，必能消魂。」女笑曰：「不敢度曲，恐消君魂耳。」于固請之。曰：「妾非吝惜，恐他人所聞。君必欲之，請便獻醜；但只微聲示意可耳。」遂以蓮鉤輕點足牀，歌云：「樹上烏臼鳥，賺奴中夜散。不怨繡鞋濕，只恐郎無伴。」聲細如蠅，裁可辨認。而靜聽之，宛轉滑烈，動耳搖心。

善奕者，如卷九〈雲蘿公主〉中的雲蘿公主：

安故好棋，楸枰嘗置坐側。一婢以紅巾拂塵，移諸案上，曰：「主日耽此，不知與粉侯孰勝？」安移坐近案，主笑從之。甫三十餘著，婢竟亂之，曰：「駙馬負矣！」斂子入盒，曰：「駙馬當是俗間高手，主僅能讓六子。」乃以六黑子實局中，主亦從之。主坐次，輒使婢伏坐下，以背受足；左足踏地，則更一婢右伏。又兩小鬟夾侍之；每值安凝思時，輒曲一肘伏肩上。局闌未結，小鬟笑云：「駙馬負一子。」

善烹茗、猜謎、行酒令者，如卷三〈小二〉：

閉門靜對，猜燈謎，憶亡書，以是角低昂；負者，駢二指擊腕臂焉。……煮藏酒，檢《周禮》為觴政：任言是某冊第幾葉，第幾人，即共翻閱。其人得食傍、水傍、酉傍者飲；得酒部者倍之。既而女適得「酒人」，丁以巨觥引滿促釂。女乃祝曰：「若借得金來，君當得飲部。」丁翻卷，得「鼈人」。女大笑曰：「事已諧矣！」滴漉授爵。丁不服。女曰：「君是水族，宜作鼈飲。」……暇輒與丁烹茗著棋，或觀書史為樂。

卷十一〈陳雲棲〉中的三名女性則風雅兼具：

女孝謹，夫人雅憐愛之；而彈琴好弈，不知理家人生業，夫人頗以為憂。……夫人故善弈，自寡居，不暇為之。自得盛，經理井井，晝日無事，輒與女弈。挑燈瀹茗，聽兩婦彈琴，夜分始散。

值得注意的是，女性的這些「才華」多半是有所目的而為的，一方面是為了展現女性自身的才情，提昇女性的優越條件；另一方面，不可否認的，這些才華多半與男性扯上關係，亦即藉由這些才華，女性吸引了男性的目光，或是讓兩性在相處時的生活更添情趣。這是因為「佳人之才，有助於其風雅之姿的形成，符合文人追求『氣質美如蘭，才華馥比仙』的審美心理。」[三十一]

三十一　吳秀華以為「明末清初，才、色模式要求兩性均具有才、色兩種要素，……在才子看來，佳人之才必不可少。」其原

（二）治家經營之才幹

傳統婦女以婚姻家庭為主，處於清初的蒲松齡在撰寫《聊齋志異》時，仍不免俗地將書中多數的婦女置於這樣的生活領域中，她們善於女紅、烹飪、農作、算帳……等治家經營，以使家人衣食無憂，甚至累積鉅富。

善女紅者，如卷三〈連城〉：

> 史孝廉有女字連城，工刺繡，知書。父嬌愛之。出所刺「倦繡圖」，徵少年題詠，意在擇婿。生獻詩云：「慵鬟高髻綠婆娑，早向蘭窗繡碧荷。刺到鴛鴦魂欲斷，暗停針線蹙雙蛾。」又贊挑繡之工云：「繡線挑來似寫生，幅中花鳥自天成。當年織錦非長技，倖把回文感聖明。」

透過喬生的詩贊，可以得知連城刺繡之精妙。另如卷二〈嬰寧〉中「操女紅，精巧絕倫」的嬰寧、卷九〈績女〉中「升牀代績……視所績，勻細生光；織為布，晶瑩如錦，價較常三倍」的績女。

擅長烹調者，如卷三〈狐妾〉中的狐夫人：

> 值劉壽辰，賓客煩多，共三十餘筵，須庖人甚眾；先期牒拘，僅一二到者。劉不勝恚。女知

因正是由於「佳人之才，有助於具風雅之姿的形成，符合文人追求『氣質美如蘭，才華馥比仙』的審美心理。」詳見吳秀華：《明末清初小說戲曲中的女性形象研究》（南京：江蘇古籍出版社，二〇〇二年九月），頁二〇七。

之，便言：「勿憂。庖人既不足用，不如並其來者遣之。妾固短於才，然三十席亦不難辦。」劉喜，命以魚肉薑桂，悉移內署。家中人但聞刀砧聲，繁碎不絕。門內設一几，行炙者置柈其上，轉視，則肴俎已滿。托去復來，十餘人絡繹於道，取之不竭。

善操持家務者，如卷八〈呂無病〉中的呂無病「閑居無事，為之拂几整書，焚香拭鼎，滿室光潔。」而正室王氏整治家政更是有條不紊：

居久，見家政廢弛，謂孫曰：「妾此來，本欲置他事於不問；今見如此用度，恐子孫有餓莩者矣。無已，再覥顏一經紀之。」乃集婢媼，按日責其績織。家人以其自投也，慢之，竊相誚訕，婦若不聞知。既而課工，惰者鞭撻不貸，眾始懼之。又垂簾課主計僕，綜理微密。

善居積管帳者，如卷三〈小二〉中的小二除了有風雅才藝外，對於治理家人生業更是有一套：

女為人靈巧，善居積，經紀過於男子。嘗開琉璃廠，每進工人而指點之，一切棊燈，其奇式幻采，諸肆莫能及，以故直昂得速售。居數年，財益稱雄。而女督課婢僕嚴，食指數百無冗口。……錢穀出入，以及婢僕業，凡五日一課；女自持籌，丁為之點籍唱名數焉。勤者賞賚有差，惰者鞭撻罰膝立。……女明察如神，人無敢欺。而賞輒浮於其勞，故事易辦。

又如卷四〈辛十四娘〉：

十四娘為人勤儉灑脫，日以紝織為事。時自歸寧，未嘗踰夜。又時出金帛作生計。日有贏餘，輒投撲滿。

值得注意的是，女性的這些「才能」同樣是有所目的而為的，多半是為了讓男性無後顧之憂，專心地過著他們治學應考的生活。

（三）保家防禍之才勇

除上述治家之道，《聊齋志異》書中另有一類女性能保家全身、盡人事以防大禍者，或為家人復仇者。前者如卷十〈仇大娘〉一文，仇大娘在父親被寇俘去、繼母病勢垂危、長弟離家而逃時，回到娘家。她不計前嫌，安撫病母幼弟，又親自到縣衙去告引誘長弟仇福墮落的賭徒、惡棍的狀，她慷慨陳辭，使郡守為之感動，最後打贏了官司，「故產盡反」。仇大娘治家有序，一年多的時間就使仇家「田產日增」，又精明果決地處理好仇福與姜氏的破鏡重圓以及仇祿的婚事。在闔家團圓後，她交出理家的簿籍，「一身來，仍以一身去」。她為仇家復興了家業，一身正氣，不圖私利，光明磊落；全篇刻劃了一個顧全大局、遇事沉著冷靜、深明大義的巾幗奇女了。另如卷十一〈張氏婦〉寫三藩之亂時士兵打家劫舍的情景：

甲寅歲，三藩作反，南征之士，養馬兗郡，雞犬廬舍一空，婦女皆被淫污。時遭霪雨，田中瀦水為湖，民無所匿，遂乘垣入高粱叢中。兵知之，裸體乘馬，入水搜淫，鮮有遺脫。

弄得人心惶惶。其中，只有張家的媳婦沒有躲藏，公然在家裡住著，等待清兵的到來。她巧妙運用智慧，與丈夫連夜挖好深坑，在上頭鋪了草席，布置好陷阱。一個又一個想侵犯她的清兵果然都中了計，被放火燒成「烤豬」。甚至，後來她索性也不躲在家裡，若無其事地在大路上做著針線活，本以為光天化日之下，又沒有可遮蔽的地方，清兵不至於當眾宣淫，未料數天過後，竟有清兵無恥至極，想在光天化日下姦污她。張氏婦隨機應變，巧妙借用馬的力量，只用一針一錐，就讓清兵被馬拖著狂奔而去。待同伙好不容易捉住了馬，那名清兵已是「首軀不知處，韁上一股，儼然在焉。」蒲松齡也稱讚張氏婦的大智大勇：「巧計六出，不失身於悍兵。賢哉婦乎，慧而能貞！」雖然她僅是一名普通村婦，卻沉著、冷靜、機智，論膽量，論謀略，絕非一般士人能相比。試看其夫在全篇中，就只在挖坑時出現過一次：「夜與夫掘坎深數尺」，在整個反抗淫威的過程中，幾乎沒有其夫的存在與協助。

後者如卷二〈俠女〉篇中孤膽剛腸的女主角，生在司馬之家的她，被人陷害抄家，她只得負母遠走他鄉，隱姓埋名，靠著為人縫補過活，獨自一人照顧老母。待母親過世，腹中孩子落地，她才前往手刃仇敵。在復仇的過程中，從不假他人的力量，親自前往仇人家探路，顯得她心思縝密；獨自一人夜闖仇人家，手刃仇敵，展現她的勇氣膽魄。另如卷三〈商三官〉亦寫女主角商三官因兄長無法為冤死的父親伸冤，為報父仇，她喬裝身分，獨自潛入仇人家中，伺機手刃仇敵，後又上吊自經。這些女性的孝義之心、孤膽剛腸，在在令人感佩。

三、正面女性貌色之展現

承襲傳統「男才女貌」、「才子佳人」的模式，《聊齋志異》對女性容貌的描繪十分重視。女性主角——尤其是鬼、狐、妖、仙等非人類的女性主角——的出場，多半是一種巧遇，不在男性的預期中，「這種安排，是基於一種不期而遇，喜出望外的心理，所以格外造成一種戲劇性的『驚豔』的效果來」[三十二]，而接下來男女主角的發展，就多半藉由女性容貌的「連結」。因此，描繪女性姿容，除了藉此將小說人物引薦給讀者，更藉此推動情節的發展：

> 只要是女性角色的出現必定有外貌描寫的需要；而在肖像描寫之後，緊接著必是男性對女性外貌的反應，於是「女性姿容—男性心理」就成了「刺激—反應」的固定連結。女性外形與男性追求性／愛的欲望、動機必定連結起來，推動情節的發展。[三十三]

基於上述的作用性，蒲松齡在塑造女性角色——尤其是以女性為主角的篇章——時，莫不傾全力描

三十二 梁伯傑：〈「聊齋」女主角的塑造〉一文提到：「這種安排，是基於一種不期而遇，喜出望外的心理，所以格外造成一種戲劇性的『驚豔』的效果來，牢牢地把男主角及讀者的詫異與豔羨吸引住了。」柯慶明、林明德主編：《中國古典文學研究叢刊．小說之部（二）》（台北：巨流圖書公司，一九八五年五月），頁一八一。

三十三 詳見劉惠華：《聊齋志異女性人物研究》，頁四七、六四。

繪女性傾國之姿容。而這些關於容貌的描繪文字，又多半置於故事的開頭，透過男性角色的眼睛來呈現。

（一）直接肯定稱美

在《聊齋志異》一書中直接肯定、稱美女性容貌的篇章，如：

忽見東鄰女自牆上來窺。視之，美。（卷二〈紅玉〉）

見女子白衣哭路側，甚哀。睨之，美。（卷三〈金陵女子〉）

有女青娥，年十四，美異常倫。（卷七〈青娥〉）

一夜，遇少婦獨行，知為亡者，強脅之，引與俱歸。燭之，美絕。（卷八〈霍女〉）

年約十八九，秀曼都雅，世罕其匹。（卷二〈俠女〉）

有女阿寶，絕色也。……審諦之，娟麗無雙。（卷二〈阿寶〉）

劉諦視，光豔無儔，遂與燕好。（卷三〈狐妾〉）

挑燈審視，丰韻殊絕。（卷三〈阿霞〉）

移時，珮環聲近，蘭麝香濃，則公主至矣。年十六七，妙好無雙。（卷五〈蓮花公主〉）

果有女道士三四人，謙喜承迎，儀度皆潔。中一最少者，曠世真無其儔。（卷十一〈陳雲棲〉）

上述篇章，或直接以「美」字來稱讚其姿容，或直接肯定其貌色獨一無二、舉世無雙。雖未深入描繪其具體容貌，但卻透過直說「美」的方式，留給讀者更多的想像空間。而這種寫法多半用在描述人類女性身上。

（二）細部描繪美貌

《聊齋志異》對女性容貌的另一種寫法，是採局部、細部的側重描繪，針對女性在衣著、長相、神態……等方面，做一動態的敘述，營造出「活色生香」的厚實感。

描繪靈魂之窗——眼波者，如：

少時，媼偕女郎出。審顧之，弱態生嬌，秋波流慧，人間無其麗也。（卷一〈青鳳〉）

踰數日，生偶出，遇女自叔氏歸，睨之。女秋波轉顧，啟齒嫣然。（卷三〈連城〉）

俄，見一少女經門外過，望見王，秋波頻顧，眉目含情，儀度嫻婉，實神仙也。（卷五〈鴉頭〉）

有婢自內出，年約十四五，飄灑豔麗。……審顧之，秋水澄澄，意態媚絕。陽心動，微挑之；

婢俯首含笑。陽益惑之，遽起挽頸。（卷十二〈粉蝶〉）

眼神顧盼流轉間，無不顯露女性的娉婷靈巧，因此，蒲松齡描繪女性的眼波著重在其神韻；而眉目之含情更是對男性的一種吸引，也因此推動了下一層情節的發展——男性的追求。

描繪肌膚者，如：

覺其膚肌嫩甚；火之，膚赤薄如嬰兒，細毛徧體，異之。（卷三〈毛狐〉）

宗近身啟衣，膚膩如脂。於是挼莎上下幾徧。（卷五〈荷花三娘子〉）

女出臂挽之，臂膩如脂，熱香噴溢；肌一著人，覺皮膚鬆快。（卷九〈績女〉）

引公子入內，呼妹出拜，年十三四以來，肌膚瑩澈，粉玉無其白也。（卷十〈素秋〉）

女郎近曳之，忽聞異香竟體，即以手握玉腕而起，指膚軟膩，使人骨節欲酥。（卷十〈葛巾〉）

寫素秋的膚白，一來是暗示其蠹魚的身分特質，二來更彰顯其晶瑩剔透。而毛狐雖在外表仍保留一些「狐」的特徵，但其細毛反而形成另一種獨特的吸引力，且仍具有觸感極好的嫩膚。

描繪金蓮步履者，如：

一夕，獨坐凝思，一女子翩然入。生意其蓮，承逆與語。覿面殊非，年僅十五六，嚲袖垂髫，風流秀曼，行步之間，若還若往。（卷二〈蓮香〉）

審諦之，肌映流霞，足翹細筍，白晝端相，嬌豔尤絕。（卷二〈聶小倩〉）

女一回首，妖麗無比，蓮步蹇緩。（卷二〈巧娘〉）

是非刻蓮瓣為高履，實以香屑，蒙紗而步者乎？（卷四〈辛十四娘〉）

著松花色細褶繡裙，雙鉤微露，神仙不啻也。（卷十二〈寄生〉）

蒲松齡寫女性足下風情，或強調金蓮本身的嬌翹，或側重行步之紓緩柔媚，無不顯露女性柔美嬌弱的一面。

描繪服飾者，如：

見其風姿娟秀，著錦貂裘，跨小驪駒，翩然若畫。（卷三〈魯公女〉）

遇一少女，著紅帔，容色娟好。……果有紅衣人，振袖傾鬟，亭亭拈帶。（卷四〈辛十四娘〉）

綠衣長裙，婉妙無比。（卷五〈綠衣女〉）

見荷蕩佳麗頗多。中一垂髫人，衣冰縠，絕代也。（卷五〈荷花三娘子〉）

少間，傳呼織成。即有侍兒來，立近頰際，翠襪紫舄，細瘦如指。（卷十一〈織成〉）

雖是寥寥數筆，但卻能藉由服飾的描繪，充分表現女性角色的特質。如「著錦貂裘，跨小驪駒」正符合喜好打獵、驅馬奔馳的富家女子。而「冰縠」如光如水的晶瑩剔透質感，正呼應其仙姿飄飄。

此外，或寫柳腰，如卷一〈嬌娜〉：「年約十三四，嬌波流慧，細柳生姿。」或寫雲鬟，如卷五〈狐夢〉：「忽一少女抱一貓至，年可十一二，雛髮未燥，而豔媚入骨。」或描繪笑姿，如卷四〈公孫九娘〉：「生睨之，笑彎秋月，羞暈朝霞，實天人也。」或描繪醉態，如卷九〈鳳仙〉：「近視之，酣睡未醒，酒氣猶芳，赬顏醉態，傾絕人寰。」或描繪舞姿，如卷十一〈晚霞〉：「內一女郎，年十四五以來，振袖傾鬟，作『散花舞』；翩翩翔起，衿袖襪履間，皆出五色花朵，隨風颺下，飄泊滿庭。」

蒲松齡在描繪刻劃女性的姿容時，雖不若傳統才子佳人小說極盡刻劃之能事，以鉅長篇幅寫女性之外在美，但在寥寥數語中，卻已生動體現了一個立體化的傳神的女性形象出來。

第二節　負面女性的角色特質之分析

蒲松齡主要是從女性的德、才、貌等三方面來稱揚、肯定他心目中的正面女性，而他批判女性角色則著眼於「婦德」的層面，未見其批判無才、無貌之女性。前文提及歷代經傳、女教所規範的女性品行，大抵不脫「貞節柔順」四字，而蒲松齡藉由角色塑造來批判的也正是無貞節、不柔順的女性。

「服從」與「貞節」可謂婦德的基本中心思想，在《大戴禮記・本命》記載了所謂的「七出」[三十四]：

> 婦有七出，不順父母去，無子去，淫去，妒去，有惡疾去，多言去，竊盜去。不順父母去，為不逆德也；無子為其絕世也；淫為亂其族也；妒為亂其家也；有惡疾為其不可與共粢盛也；多言為其離親；盜竊為其反義也。[三十五]

其中，明確記載了「淫去」、「妒去」兩條出妻的規範，而「淫」和「妒」正是相對於「貞節」與「柔

[三十四] 「七出」其實早在《儀禮・喪服》中記錄出妻禮時就有這種古俗了，詳見鄭玄注，賈公彥疏：《儀禮》（台北：藝文印書館，一九九七年八月），頁三五五，但條文內容最早則見於戴德的《大戴禮記・本命》。

[三十五] 戴德撰，高明注譯：《大戴禮記》（天津：天津古籍出版社，一九八八年），頁四六九。

順」來說的，可見得「淫」與「妒」在男權社會中是無法被認同、接受，是有違婦德的。

一、妒悍婦女

在《聊齋志異》中，不僅存在著大量美貌、多情、能幹、溫柔、無私，備受人們喜愛的正面女性形象，同時還存在著不少殘忍刻毒、令人厭惡的負面女性形象，她們主要是悍婦、妒婦角色。《聊齋志異》全書刻劃了多位妒悍婦女，其中最具代表性的莫過於卷六〈江城〉中的江城、〈馬介甫〉中的尹氏。

（一）刻劃悍妒之形象

江城與男主角高蕃並非傳統的媒妁婚姻，而是「兩小無猜，日共嬉戲」建立起感情來的。成人後再見面，遂轉變為男女戀情。然而娟好多情的江城卻在婚後「善怒，反眼若不相識，詞舌嘲啁，常聒於耳！」她凌虐丈夫無所不用其極，慘無人道至令人髮指。如：

> 躬自促火一照，則江城也。大懼失色，墮燭於地，長跪觳觫，若兵在頸。女摘耳提歸，以針刺兩股殆徧，乃臥以下床，醒則罵之。生以此畏若虎狼，即偶假以顏色，枕席之上，亦震慴不能為人。女批頰而叱去之，益厭棄不以人齒。生日在蘭麝之鄉，如犴狴中人，仰獄吏之尊也。

蒲松齡以獄吏喻江城，高蕃正如那坐監之人，須百般謹慎細察江城之臉色，稍有不如意，便是一頓好打！又如：

> 少選，聽更漏已動，肆中酒客愈稀；惟遙座一美少年，對燭獨酌，有小僮捧巾侍焉。眾竊議其高雅。無何，少年罷飲出門去。僮返身入，向生曰：「主人相候一語。」眾則茫然，惟生顏色慘變，不遑告別，匆匆使去。蓋少年乃江城，僮即其家婢也。生從至家，伏受鞭扑。從此禁錮益嚴，弔慶皆絕。

高蕃只聽得童僕（家婢）一聲「主人（江城）相候一語」，即怛然失色、匆促返家，江城之威嚴可見一斑！再如：

> 一日，與婢語，女疑與私，以酒罈囊婢首而撻之。已而縛生及婢，以繡翦翦腹間肉互補之，釋縛令其自束。月餘，補處竟合為一云。女每以白足踏餅塵土中，叱生摭食之。

江城手段之凶殘，似已不將高蕃視為一個有自主權的「個體」，更遑論是為「天」之「夫」了！如此種種，不僅讓丈夫高蕃飽受身心折磨，大好前途也因而斷送。[三十六]

三十六 高蕃因江城「禁錮益嚴，弔慶皆絕」，終日忐忑以過，後於「文宗下學」時，因「誤講降為青」。詳見蒲松齡著，張友鶴輯校：《聊齋誌異》會校會注會評本，頁八六一。

而江城的悍妒不僅施展在丈夫身上，更延伸到翁姑、娘家、朋友，導致公婆與她分家、娘家父母為她氣死、二姊夫婦被她動手教訓、朋友相互告誡，「不敢飲於其家」。江城之悍妒可謂「登峰造極」！

而〈馬介甫〉中的尹氏，與江城不遑相讓。小說一開頭，就言明尹氏「奇悍」，果然，她對待丈夫楊萬石如待牲畜，「少迕之，輒以鞭撻從事」；對待楊父「以齒奴隸數」，有悖人倫。楊萬石因生性怯懦，對尹氏所為毫不敢言，而尹氏也看準這點，對待丈夫，罰跪挨打直如家常便飯。尹氏除了凶悍，其妒心亦不小，知道侍妾王氏懷了五個月的身孕，她「褫衣慘掠」，將王氏打得重傷在床；後又疑心王氏刻意假裝傷重，於是痛下毒手，惡狠狠地將王氏打到血崩流產；同時令楊萬石「跪受巾幗，操鞭逐出」。

在楊家兄弟遇見馬介甫，透過馬介甫之手來教訓尹氏，卻東窗事發後，尹氏勃然大怒，楊萬石長跪床下哀求到三更天，但尹氏卻說：「欲得我恕，須以刀畫汝心頭如干數，此恨始消。」砍不著楊萬石，尹氏竟在楊父身上洩恨，將他的衣袍割裂，打他的耳光，還揪他的鬍子。

此外，尹氏還間接害死小叔楊萬鐘，強逼妯娌改嫁，苛虐侄子喜兒，也讓楊萬石家破人散、前程盡毀。

蒲松齡所塑造出的悍妒女性，往往具有殘忍刻毒的手段，加上蒲松齡誇張、渲染的筆法，讓這些女性角色令男性／讀者產生了厭惡之感。

（二）形成悍妒之因素

對於江城與尹氏之所以悍妒暴虐的原因，蒲松齡有著不同的說法。首先，關於江城的悍妒，蒲松齡先是藉由小說人物之口明確地指出，江城之所以如此施虐於高蕃，是因為與高蕃有前世恩怨：「江城原靜業和尚所養長生鼠，公子前生為士人，偶游其地誤斃之。今作惡報，不可以人力回也。」後又藉異史氏再次強調「人生業果，飲啄必報，而惟果報之在房中者，如附骨之疽，其毒尤慘。」表明了江城的悍妒乃因果報應，誠屬天命。將女性的悍妒歸因於此，誠屬蒲松齡的宿命觀，展現其迷信的一面。若撇開果報緣故不談，就現實生活來看，江城的悍妒得以發揮得變本加厲，尚有一個原因，那就是高蕃對貌美之妻由愛生畏，他曾說：「生以愛故，悉含忍之。」、「我之畏，畏其美也。」可見得江城乃因此恃寵而驕，因驕而悍。

至於尹氏，蒲松齡未明確指出原因為何，或許只能從天性使然來解釋其悍妒暴行，再加上其夫楊萬石「生平有『季常之懼』」，篇末異史氏評文中蒲松齡也說了：「懼內，天下之通病也。然不意天壤之間，乃有楊郎！寧非變異？」尹氏的天性悍妒加上楊萬石本身的懼內，才會讓尹氏的凶殘發展到幾乎毫無理性的地步。

然而，江城、尹氏——或者說是天下女子——悍妒的真正原因是否真如蒲松齡所言，是隔世因緣、是天性使然？其實，縱觀全書涉及悍妒的篇章，除了少數悍婦是天生凶悍，以悍為主之外，其餘多半是由妒生悍。而「妒」之所以產生，則又與封建社會的一夫多妻制度脫離不了關係。從先秦時期建立多妻制起，家庭關係產生變化，女性在家中的地位開始受到挑戰。就妻子的角度而言，妾的介入嚴重瓜分了丈夫的心，甚至全然佔據，大陸學者徐文明在論及納妾制度時就曾這麼說過：

與婢妾相比，妻子至少在這幾方面不占優勢：一是年齡，婢妾的年齡往往小於嫡妻；二是容貌，妾以及被丈夫收用的婢，往往容貌姣好；三是她們有子，這是婢妾得寵以及敢與嫡妻爭高下的法寶。另外，再加上丈夫喜新厭舊的心理而生發的明顯偏向，這便使得嫡妻產生了強烈的失落感。這種失落感首先表現在夫妻生活當中——即性愛上。性愛是夫妻關係中一個基本的、也是很重要的要素。由於第三者——婢妾的介入，嫡妻被冷落在一邊，只能在壓抑的寂寞中苦熬時光。恩格斯說：「性愛按其本性來說就是排他的。」妻子由於遭冷遇而感到自尊心受到折辱，由於缺乏所愛的人或者由於環境不利而感到不滿足，對已失去的一切感到惋惜。於是由於嫉妒和疑心、自私和憤怒而使她們對造成自己痛苦的人表現出仇視，並以乖張、兇惡的方式發洩著內心的情感。[三十七]

因為家庭生活領域的被入侵、被佔據，使得妻子由苦生妒，由妒生悍。

三十七　詳見徐文明：〈《聊齋》中的妒婦悍婦與中國古代的納妾制度〉，《蒲松齡研究》一九九九年三期（總第三十三期）（一九九九年九月），頁七七—七八。

就婢妾的角度而言，雖身分較嫡妻來得卑微，但其身分並非不能轉換，其關鍵正在於能否贏得丈夫的歡心。也因此，獻媚邀寵，以人格和尊嚴為代價來討好丈夫；而一旦生子，其在家庭中的地位就會驟然提高，這對嫡妻——尤其是無法生子的嫡妻——來說，便形成一種嚴重的威脅，子嗣問題直接牽涉到財產與權力的繼承，婢妾母憑子貴的結果是使嫡妻的利益受損。

而我們從《聊齋志異》書中可以看出多少嫡妻與婢妾外室、嫡妻與非嫡生子之間的對立？前者如：江城／婢與妓、尹氏／王氏、金氏／妾與邵女、李氏／妾（卷五〈閻王〉）、王氏／呂無病（卷八〈呂無病〉）、聶鵬雲妻／新婦（卷八〈鬼妻〉）、連氏／婢（卷十一〈段氏〉）；後者如：王氏／前妻之子、牛氏／前妻之子（卷二〈張誠〉）、申氏／妾子大男（卷十一〈大男〉）……等。由此可見，《聊齋志異》中所謂悍婦妒女的扭曲變態行為，並非如蒲松齡所言「女子狡妒，其天性然也」如此表層的因素，或是因果報應如此迷信的原由，蒲松齡所未注意到的——或者說他所不願正視的——真正原因，在於一夫多妻制度對女性——不管嫡妻或婢妾也好——所造成的傷害，而女性藉悍妒行為加以反抗。

當然，蒲松齡對於悍婦妒女痛恨至極，厭惡地稱之為「胭脂虎」、「母夜叉」，甚至比作「附骨之疽」，因此，對悍婦妒女的懲治與感化也是小說中少不了的安排。

採懲治方式者，主要有「受神責冥罰、受仙人捉弄懲處、受官刑處罰、受現世的報應」[三十八]等四種方式。受神責冥罰者，如卷七〈邵九娘〉中金氏受神靈責難而「病逆，害飲食」、卷十二〈杜小雷〉中杜妻受責罰化為豬。受仙人捉弄懲處者，如〈馬介甫〉中狐仙做法捉弄尹氏，讓楊萬石服用了狐仙給的「丈夫再造散」後，對她大打出手、嚴加懲戒。受官刑處罰者，如卷八〈呂無病〉中王天官女被官府「判令大歸」、卷九〈邵臨淄〉中李生妻被縣令「杖三十，臀肉盡脫」。受現世的報應者，如〈馬介甫〉尹氏改嫁受後夫虐待，慘毒至極更甚於「昔之施於人者」，受親鄰唾棄，後「依群乞為食」。

採感化方式者，主要作用在於「能避免了重新組建家庭帶來的麻煩和風險，又可以樹立『以德勝妒』的典範，讓天下的婦人去效仿。」[三十九]因此，《聊齋志異》中利用感化讓悍婦妒女洗心革面的結局，也不在少數。如〈江城〉中的江城在翁姑每日虔心誦觀音咒一百遍，及聽了高僧說法後馬上脫胎換骨，不僅成了溫謹賢妻，更為高蕃贖回了他曾喜歡過的美妓謝芳蘭為妾，而且對翁姑「承顏順志，過於孝子」。蒲松齡甚至感歎「觀自在願力宏大，何不將盂中水灑大千世界也？」期望更多

三十八　白燕在〈蒲松齡與《聊齋志異》中的悍婦妒女〉一文中分析認為《聊齋志異》中的悍婦幾乎都受到慘酷的報應。其報應的類型主要有「受神責冥罰」、「受仙人捉弄懲處」、「受官刑處罰」、「受現世的報應」等四種。《社會科學輯刊》二〇〇三年第二期（總第一四五期）（二〇〇三年四月），頁一八一。

三十九　詳見白燕：〈蒲松齡與《聊齋志異》中的悍婦妒女〉，《社會科學輯刊》二〇〇三年第二期（總第一四五期），頁一八一。

的悍婦妒女能在他人的感化下，一個個變成溫柔多情、善解人意的賢德女子。又如卷十〈珊瑚〉中安母在于媼的勸導下頓悟前非，「為姑媳如初」。卷七〈邵女〉中奇妒的正室金氏在侍妾邵女多次病榻前細心照顧下，終是頓悟前非、徹底轉化，自此「事必商，食必偕，姊妹無其和也」。

蒲松齡透過感化與懲治這兩種方法，將悍婦妒女改造成他心目中的理想女性，亦即前文論述的溫婉賢良之「正面女性形象」。

（三）批判悍妒之原由

蒲松齡在《聊齋志異》一書，極盡全力誇張刻劃悍婦妒女的殘忍刻毒，他也曾發出「每見天下賢婦十之一，悍婦十之九」（卷六〈江城〉）的感慨。何以蒲松齡對悍妒如此深惡呢？除因普遍深植人心的男權思想外，恐怕也與蒲松齡的現實生活環境有關聯。

蒲松齡之妻劉氏賢慧良淑，在〈述劉氏行實〉一文中提到劉氏：

> 入門最溫謹，樸訥寡言，不及諸宛若慧黠，亦不似他者與姑詩謑也。姑董謂其有赤子之心，頗加憐愛，到處逢人稱道之。冢婦益恚，率娣姒若為黨，疑姑有偏私頻偵察之；而姑素坦白，即庶子亦撫愛如一，無瑕可蹈也。然時以虛舟之觸為姑罪，呶呶者竟長舌無已時。[四十]

[四十] 詳見蒲松齡：《抄本聊齋文集》（北京：中華全國圖書館文獻縮微複製中心，一九九八年十二月），頁二五八。

劉氏之賢慧與樸拙，招致大嫂的妒忌，在妯娌間興風作浪，與婆婆頂嘴吵架，弄得家庭氣氛烏煙瘴氣，蒲松齡之父眼見家無寧日，只好析分家產圖個安靜。這是蒲松齡對於悍妒的慘痛親身經歷。

此外，蒲松齡郢中詩社社友王鹿瞻的妻子也是個極為凶悍的女性，蒲松齡在〈與王鹿瞻書〉一文中寫道：

> 客有傳尊大人彌留旅邸者，兄未之聞也？其人奔走相告，則親兄愛兄之至者矣。謂兄必泫然而起，匍匐而行，信聞於帷房之中，履及於寢門之外。即屬訛傳，亦不敢必其為妄。何漠然而置之也？兄不能禁獅吼之逐翁，又不如孤犢之從母，以致雲水茫茫，莫可訊問，此千人之所共指！[四十一]

王鹿瞻懼內竟至任由父親被妻子逐出家門死在旅舍亦不聞不問的地步，莫怪蒲松齡會發出「此千人所共指」、「惡名彰聞，永不齒於人世矣」的怒吼！

張景樵於《清蒲松齡先生留仙年譜》中即認為〈江城〉、〈馬介甫〉等篇，似取材於王鹿瞻悍婦逐翁一事[四十二]。姑且不論這些篇章中是否真有影射，但蒲松齡的親身經歷、周遭所聞，必讓他對悍

四十一　詳見蒲松齡：《抄本聊齋文集》，頁二八七。

四十二　張景樵於《清蒲松齡先生留仙年譜．前記》中提到：「緣受函者王鹿瞻，為詩社友侶，觀函中所述，可知其人為『懼內』之典型人物。如檢讀〈江城〉、〈馬介甫〉等篇，則知其取材之源，若有蛛絲馬跡焉。」詳見張景樵：《清蒲松齡

婦妒女有著深刻的感受。蒲松齡在另外兩篇文章中也一再表達了這樣一種觀念——社會風氣變壞、倫理綱常不振的原因都在悍婦妒婦身上：

人之大倫有五，婦處其終；妻之出條有七，妒居其首。慨自陽綱不競，遂而陰寇相尤；雌教成風，醋河失岸。……鬼神為之憤怒，天地為之慘瞑！徒羨揮金買笑之豪俠，辭家他出，彼青樓猶有私；獨憐噬薺嚼鹽之措大，株室守規，我白頭又何罪？閻浮驟怕婆國里，大千入懼內場中。《列女傳》未可解妒，《內則》篇不能諭悍。風化因茲大壞，聖道於此遂窮。（〈怕婆經疏〉）四十三

竊以天道化生萬物，重賴坤成；男兒志在四方，尤須內助。同甘獨苦，勞爾十月呻吟；就濕移乾，苦矣三年嚬笑。此顧宗祧而動念，君子所以有伉儷之求；瞻井臼而懷思，古人所以有魚水之愛也。第陰教之旗幟日立，遂乾綱之體統無存。始而不遜之聲，或大施而小報；繼則如賓之敬，竟有往而無來。衹緣兒女深情，遂使英雄短氣。牀上夜叉坐，任金剛亦須低眉。釜底毒煙生，即鐵漢無能強項。秋砧之杵可掬，不擣月夜之衣；麻姑之爪能搔，輕試蓮花之

先生留仙年譜》，頁四。

四十三 詳見蒲松齡：《抄本聊齋文集》，頁九四—九五。

面。小受大走，直將代孟母投梭；婦倡夫隨，翻欲起周婆制禮。（〈妙音經跋〉）四十四

對婦女悍妒造成的家反宅亂等嚴重後果有深切的感觸，這讓他在塑造此類人物時，誇言其凶暴行徑。再透過賢良婦女與悍婦妒女的強烈對比，進一步烘托、肯定賢妻德婦的價值與存在之必要，對比越是強烈，效果越是彰顯，這也是蒲松齡傾盡全力刻劃悍婦妒女的原因，藉此「舒古今之公憤，脫貴賤之天殃」，「免教沉淪獅吼窩，從今躍出釅醯甕」四十五。

然而，值得注意的是，蒲松齡對女性的悍妒並非全盤否定。他在〈雲蘿公主〉一文中提出他特殊的見解：「悍妻妒婦，遭之者如疽附於骨，死而後已，豈不毒哉！然砒、附，天下之至毒也，苟得其用，瞑眩大瘳，非參、苓所能及矣。」以致命毒藥比喻悍婦妒女，足見蒲松齡憎惡之程度，但這段話卻顯示在某些特殊情況下，女性的悍妒是可以被「接受」的。例如文中的可棄性喜遊蕩，其妻侯氏嚴格限制他的回家時間，一旦超出時間，則「詬厲不與飲食」。一次可棄盜拿家中的米粟去賭博，侯氏氣憤得操刀將可棄砍傷後逐出家門，經可棄兄長大器夫婦求情、可棄長跪發重誓改過後，侯氏方原諒可棄。此後，可棄一改浪蕩行徑，惟妻言是聽。又如同篇文末所附兩則小故事，均是倜儻書生在悍妻的嚴格督導下，高中科舉。一則是妻子將丈夫禁閉在房間內，命他苦讀，若需任何物

四十四　詳見蒲松齡：《抄本聊齋文集》，頁九六。
四十五　詳見蒲松齡：《抄本聊齋文集・怕婆經疏》，頁九四—九五。

品則以鈴鐺通知。家中開支由妻子親自掌管當鋪，買低賣高，「由此居積致富」。如此過了三年，丈夫終於考中舉人。另一則也是由妻子伴丈夫讀書，若親朋好友前來探望，與丈夫討論詩書，則妻子就給客人煮茶做飯；若是談笑瞎扯，則妻子就惡聲惡氣地下逐客令。後來，在這樣嚴厲的督導下，丈夫終於考中進士，當了官員。

對於這類男性在悍妻導止下有所長進，而悍妻行徑又不至於過份無理的情況，蒲松齡可謂是「樂見其悍」。如此看來，所謂悍妒如「砒、附」，或悍妒如「參、苓」，盡是以男性立場觀之，於男性有裨益者，則為「參、苓」；於男權有侵害者，則為「砒、附」。換言之，深惡悍妒的蒲松齡能接受悍婦只在對男性有益的情況下，這無疑揭示了蒲松齡思想中封建、現實的一面。

二、失貞婦女

蒲松齡除批判悍妒外，亦以傳統男權思想要求著女性的貞節。所謂「貞節」：

特指對女性性的要求，是指女性須為男性保持身體的「潔」即性貞。具體地說，女子婚後要從一而終，不能於婚前失貞，丈夫生時不能離夫改嫁，丈夫死後不能再嫁他人。當然，男子的再娶、出妻、納妾、狎妓都是天經地義的。貞節的內涵極為寬泛，它是一種觀念，一種制

度，一種習俗，一種社會生活，甚至一種文化。[四十六]

對於生活在男權體制下的女性而言，「貞節」更是一副緊套在脖子上的桎梏，是一把殺人不見血的屠刀；而支撐這種貞節觀的正是整個大社會。

自宋朝以來，貞節觀便被當權者奉為規範婦女行為的倫理準則，而且一代盛於一代，明清時期貞節觀的束縛達到了無以復加的地步，但也出現了反對傳統禮教的新思潮，尤其是商業經濟的高度發展，造就了婦女解放的社會氛圍。明代中晚期高度發展的商業經濟逐漸侵蝕了自給自足的自然經濟基礎，強有力地改變了人們固有的生活方式和思維模式，由於商業經營盈虧不定的不穩定性，又必然使家庭紐帶鬆弛，社會關係轉型，傳統倫常淡漠，婦女的社會地位有所提高。婦女在家庭中地位有提高的傾向，這種情況引起那些頑固不化的儒家保守主義者的男性對婦女競爭主導權的恐懼、焦慮和敵對心理。隨著婦女地位的提高，婦女的貞節觀也發生了嬗變，甚至國家律令在不忠不孝方面較為嚴格，但禁止寡婦再嫁則鬆綁，而寡婦再嫁由誰主婚決定呢？在明代婚姻習俗中，有身分地位之家喪子，寡婦是否再嫁一般出夫家及舅姑決定。明代中晚期士大夫從傳統的封建主義思想桎梏中得到解放，他們反對封建主義的絕對權威，倡導張揚個性，肯定人的正常欲望和天賦智慧，主張男女平等、婚戀自主，公開向傳統的婦女貞節觀挑戰，出現了反對傳統禮教的新思想。

四十六　詳見章義和、陳春雷：《貞節史．前言》（上海：上海文藝出版社，一九九九年十一月），頁一。

清代統治者則刻意大力提倡、宣揚貞節，經統治階級彰揚後，貞節意識深入人心，以致社會風氣普遍認為不僅寡婦再嫁可恥，甚至室女也必須守節。「貞節觀念空前惡化，庶幾升騰為一種狂熱的宗教理想，儼然成了天經地義、至高無上的女子世界的絕對道德準則。」[四十七]這種宗教化的貞節觀，已完全脫離了其本意，變成迷信和教條，婦女為貞節而貞節，盲目遵從，不講理性、不顧事實。

然而，就在人們甚囂塵上地倡導婦女從一守節的同時，社會上也存在著一股要求婦女再嫁的強大壓力。因為人們總不能脫離現實，只沉湎於某種道德說教之中；何況像要求婦女從一守節這樣的準則，本來就充滿著偽善和苦痛。清代那些家境貧寒的寡婦，為了自己和已有子女的生存，不再守節，而是選擇了再嫁。

總之，明清時期一方面封建理學的婦女貞節觀甚囂塵上，貞節意識深入人心，如「餓死事小，失節事大」之言，貞節觀成了天經地義殘害女性的武器。另一方面，也出現了反對傳統禮教的新思潮，尤其是明清時期商業經濟的高度發展，造就了婦女解放的社會氛圍，廣大婦女逐漸突破了封建禮教的禁錮，在一定程度上爭取了個性自由，社會地位有所提高。眾多家境貧寒的中下層喪偶婦女，為了自己和已有子女的生存而再婚，這無疑是對貞節觀念的極大沖擊。

[四十七] 詳見劉長江：〈明清貞節觀嬗變述論〉，《西南民族大學學報．人文社科版》總二四卷第十二期（二〇〇三年十二月），頁二一六。

蒲松齡處於這樣一種社會氛圍下，他也在《聊齋志異》中透過小說文字展現了自己對女性的貞節觀，他主要批判婦女的失貞可分三種類型：一是未婚失貞、二是已婚通姦、三是再婚改嫁。

（一）未婚失貞

在未婚失貞的部分，卷七〈金姑夫〉中描寫一位少女未嫁而夫早死，於是「矢志不醮，三旬而卒」。族人蓋了間廟祠祭祀她，敬稱她為「梅姑」。原本，梅姑的守童貞是受到人們稱揚的，未料，為鬼數百年後，梅姑卻與一位過路的學子金生發展出戀情：

> 丙申，上虞金生，赴試經此，入廟徘徊，頗涉冥想。至夜，夢青衣來，傳梅姑命招之。從去，入祠，梅姑立候簷下，笑曰：「蒙君寵顧，實切依戀。不嫌陋拙，願以身為姬侍。」金唯唯。梅姑送之曰：「君且去。設座成，當相迓耳。」醒而惡之。是夜，居人夢梅姑曰：「上虞金生，今為吾婿，宜塑其像。」詰旦，村人語夢悉同。族長恐玷其貞，以故不從，未幾，一家俱病。大懼，為肖像於左。既成，金生告妻子曰：「梅姑迎我矣。」衣冠而死。妻痛恨，詣祠指女像穢罵；又升座批頰數四，乃去。今馬氏呼為金姑夫。

對於梅姑招婿一事，蒲松齡加以嚴斥之，他以為梅姑「不嫁而守，不可謂不貞矣。為鬼數百年，而始易其操，抑何其無恥也？」甚至還自行為其設想了一個可能的、合理的解釋：「大抵貞魂烈魄，未必即依於土偶；其廟貌有靈，驚世而駭俗者，皆鬼狐憑之耳。」蒲松齡的想法是既然梅姑先前已矢志不改嫁而死，又怎會在數百年後才芳心大動？於是將貞女招婿的行徑，以鬼狐假藉其名義作祟為由，重新還原梅姑的貞潔。從另一個角度來看，蒲松齡這段話一來肯定、稱讚女性守童貞，二來也再次深刻地揭示其要求女性貞潔不渝的男權意識。

（二）已婚通姦

在已婚通姦的部分，卷一〈成仙〉中，離鄉數日的周生返家後，發現年輕的妻子「未寢，噥噥與人語」，於是「舐窗以窺」究竟，赫然發覺：

> 妻與一廝僕同杯飲，狀甚狎褻。於是怒火如焚，計將掩執，又恐孤力難勝。遂潛身脫扃而出，奔告成，且乞為助。成慨然從之，直抵內寢。周舉石撾門，內張皇甚。擂愈急，內閉益堅。成撥以劍，劃然頓闢。周奔入，僕衝戶而走。成在門外，以劍擊之，斷其肩臂。周執妻拷訊，乃知被收時即與僕私。周借劍決其首，罥腸庭樹間。

「男性視女性為自己的私有財產，女性貞操也即是他們的隱形資產」[四十八]，他們擔心女性失去貞操，拚命宣傳女性貞節，要求女性在婚前守童貞，在婚後守貞，在夫死後守節。一旦女性失去貞節，他

四十八 詳見李新燦：〈隱形價值的保護與轉換——從明清小說看男性對貞節觀念的變化〉，《語文學刊》二〇〇二年第六期（二〇〇二年十二月），頁二〇。

們會瘋狂地報復，或者將失貞的女性掃地出門，或者將失貞的女性殘酷地殺死。對於暗地私通的妻子和僕人，周生採用私刑懲治。周生的嚴懲，代表的是男權社會對已婚失貞婦女的不可原諒，以私刑處置，更突顯出女性地位的低下，毋須報官，毋須公開的審判，即可私判死刑！而蒲松齡對周生的私刑，並無任何批判，足見他也認同這樣的行事。代表男權話語系統的作家在小說中不但再現了上述場景，而且一再對這種殘忍行為作正面宣傳。

又如卷十二〈錦瑟〉，王生因難以忍受悍妻蘭氏而離家出走，在外另娶一妻一妾；而蘭氏久無王生之音訊，又於溝中拾獲王生的鞋子，遂以為丈夫已亡故，於是和前來說親的賈某同居。未料，經過一段時日後，王生返家，得知蘭氏與他人同居，憤怒不已，而蘭氏也因此羞愧自盡。王生於是接收賈某帶來的侍妾，與先前在外所娶的一妻一妾，同享榮華富貴、子孫滿堂。

王生的另娶，與蘭氏的另謀打算，實屬同一行為，但王生／男性的再娶第三者，其結果是坐享德貌兼備的一妻二妾、坐擁榮華富貴；而蘭氏／女性的與第三者同居，其後果卻必須以不得善終為結。這樣的安排，無疑是顯露蒲松齡在同一行為上看待男性／女性的雙重標準。在《聊齋志異》一書中，不少篇章描述已婚男性背著正妻與其他女性有性愛上的接觸，不管是經正式手續迎娶的侍妾，或是在外一時的風流出軌，這些都被美化成男性的風流佳話、美好愛情；但同一套標準放在女性身上卻不適用！

除了與人類女性的外遇，男性與異類女性的外遇也被美化成一段段的風流佳話，然而透過卷一

〈犬姦〉一篇，我們卻清楚看到蒲松齡的雙重標準。〈犬姦〉的賈人妻因丈夫長年在外經商，耐不住寂寞，遂逗引家中白狗與之交歡，後白狗因見返家的賈人與妻子共臥，登榻咬死賈人。小說的結局，白狗與婦人都被判了車裂酷刑，甚至在死前，還被貪婪的差役令其當眾表演人狗交媾，大賺其錢。蒲松齡借異史氏之口大加鞭撻這名賈人妻：

> 夜叉伏牀，竟是家中牝獸；捷卿入竇，遂為被底情郎。……忽思異類之交，直屬匪夷之想。龍吠奸而為奸，妒殘兇殺，律難治以蕭曹；人非獸而實獸，奸穢淫腥，肉不食於豺虎。

這樣截然不同的雙重標準，並非因為表層的白狗未曾化為人形，即使白狗真的修煉化做人形而與賈人妻交媾，恐怕一樣是不為蒲松齡所接受的。換言之，此篇所透露的是蒲松齡在面對男性通姦與女性通姦時，抱持著截然不同的道德標準。「忽思異類之交，直屬匪夷之想」兩句想來實屬一大諷刺。這樣的雙重標準固然與傳統封建社會中普遍的貞節觀念有關，卻也揭示了蒲松齡在貞節、性道德上，仍有其封建保守的一面。

對於已婚不貞的女性，蒲松齡基於道德觀、善惡觀與果報觀，仍堅持著必須給予懲治，不管是現世報或來世報。卷七〈羅祖〉中從軍的羅祖，將妻兒託給友人李某照顧。三年後回家探視，卻驚覺妻子與李某有染，親自捉姦在床。原本羅祖大怒欲手刃二人，後轉念認為「殺之污吾刀耳」，以超出常情的慈悲與寬容，饒恕背叛自己的二人，並與李某約定：「妻子而受之，籍名亦而充之，馬匹器械具在。我逝矣。」捨棄一切而離去。但男主人翁的寬容並不代表著作者蒲松齡的寬恕，羅祖雖不像〈成仙〉一文中由男性當事人周生直接施予私通的男女惡果，蒲松齡卻安排羅妻與李某反而因為羅祖的寬容致禍。羅祖的成全遠離，被鄉人知情後，縣官四處派人搜尋羅祖未果，懷疑實情並非如此，而是李某因姦情曝光而殺死羅祖，於是嚴刑拷問李某與羅妻，經過長期殘酷的刑罰，李某與羅妻最後死於獄中。這樣的結局，其實正是蒲松齡對女性不貞毫不容情的鞭笞！羅祖的寬宏仁慈，是蒲松齡為他後來的坐化成神、入廟享祀所安排的一個伏筆；羅妻與李某為官府所懲治而死，這才是蒲松齡給予不貞者的真正報應。

女性不貞，不僅今生受害，甚至也會延續到來世。卷八〈鍾生〉一文提到鍾生的妻子因前世為人婦不守貞節，今生本來命該年少守寡，但因鍾生有德善而延長壽命，鍾妻於是無法與之匹配，因此必須以早亡來贖前世不貞之罪。在蒲松齡的觀念裡，惡因到了後世，仍需有所果報。

（三）再婚改嫁

由於明清時期對女性貞節的要求趨於嚴格，王相母劉氏所寫的《女範捷錄》中的一段話，可說是概括了明清社會——尤其是統治階級——對女性的要求：「忠臣不事兩國，烈女不更二夫，故一與之醮，終身不移，男可從婚，女無再適。」關於其中所展現的貞節觀念，章義和與陳春雷有這樣的解讀：

把兩性的關係中對女子貞節的要求與政治關係中大臣對君主的忠誠相提並論，這樣，夫妻、家庭倫理被上升為政治倫理，婦女是否守節與國家的治亂興衰、生死存亡緊密相聯，貞節觀念被抬升到社會生活中無以復加的高度，而且愈加顯示出踐行於實際的必要、重要和可能。[四十九]

貞節被提高到與政治國家的生死興亡有關，不啻是狠狠地、重重地強扣了一頂大帽子在女性身上。這其實表現出一種不公平的矛盾，既是「一與之醮，終身不移」，何以男性可再娶，女性卻不可再嫁呢？

在這樣的觀念下，封建社會裡「寡婦是一個被嚴格限制的群體。她們的守節行為，具有法定性，是社會、家族、夫權權威及意志的體現。」[五十]於是，明清小說戲曲中便不時可看到作家們宣揚貞女節婦、批判再婚改嫁，《聊齋志異》中亦免不了這類迂腐思想的展現。

卷十二〈太原獄〉中描述一件難決之案，太原有戶人家，婆婆與媳婦都守寡，婆婆到了中年後不能潔身自好，與村中一無賴勾搭，媳婦不讚許這種行為，於是在暗地裡阻撓那無賴，不使他接近

四十九　詳見章義和、陳春雷：《貞節史》，頁一一七—一一八。

五十　吳秀華認為「封建政治希望以寡婦從一而終的精神，砥礪臣民忠於皇權，做忠於一家一姓的忠臣孝子；家族則從寡婦守節行為中，獲取經濟及政治方面的利益；夫權則從寡婦從一而終行為中，體現其對女性永久的佔有權。正因為如此，寡婦是否守節，被多方面關係所關注。」詳見吳秀華：《明末清初小說戲曲中的女性形象研究》，頁二三一。

婆婆。婆婆得知此事後，找藉口休離媳婦，媳婦不肯走，兩人時常起爭執。婆婆一氣之下，反倒誣諂媳婦與人有染。本案原不難決，只是婆媳互相指責對方才是淫婦，而姦夫則推說與兩人皆無私情，後在嚴刑拷打下承認與媳婦通姦，但媳婦始終不承認。媳婦上告，後由孫縣令巧計破案。

小說中的婆婆與媳婦皆守寡，而兩人的行為恰巧被塑造成兩種截然不同的對比典型。婆婆是守不住情欲、克制不了「本我」的寡婦，而媳婦則是守情克欲，以「超我」凌駕「本我」的寡婦。前者與男子私通，後者則千方百計阻撓，不僅要守住自己的貞節，還要維護他人的貞節不移。很顯然地，這兩人即是蒲松齡筆下典型的淫婦與節婦形象。貞潔的媳婦雖受婆婆、無賴、官員的冤枉，但其貞是「上達天聽」的，最終蒲松齡藉孫縣令之手還她一個清白，更讓她有機會堂而皇之地大打無賴「出氣」；而淫穢的婆婆最後則面臨孫縣令的嚴刑拷打，雖然文中並未交代婆婆的下場為何，但顯而可知的，恐怕也落了個「守寡不貞」的醜名吧！

對於守寡不貞的女性，蒲松齡自然免不了要有所懲治的。卷七〈牛成章〉中，牛成章中年得病而死，其妻鄭氏無法守節寡居，於是將產業賣掉，帶著所有的錢改嫁離開，遺留兩名年幼子女。其子牛忠長大後因緣際會來到金陵，見一男子與父親相貌相同，亦名牛成章，於是留在牛成章手下做事，終和父親相認。牛成章問及鄭氏，牛忠婉轉地告知，母親已改嫁，牛成章為此悶悶不樂。三個月後帶著一名婦人回來，正是改嫁他處的鄭氏：

踰一晝夜，而牛已返，攜一婦人，頭如蓬葆，忠視之，則其所生母也。牛摘耳頓罵：「何棄吾兒！」婦懾伏不敢少動。牛以口齕其項。婦呼忠曰：「兒救吾！兒救吾！」忠大不忍，橫身蔽鬲其間。牛猶忿怒，婦已不見。眾大驚，相譁以鬼。旋視牛，顏色慘變，委衣於地，化為黑氣，亦尋滅矣。……後歸家問之，則嫁母於是日死，一家皆見牛成章云。

牛成章對改嫁的鄭氏摘耳齕項，給予嚴厲的處罰，正是在懲戒鄭氏「不能貞」，讓鄭氏以性命為守寡不貞付出最大的代價。但弔詭的是，於丈夫死後棄子改嫁的鄭氏受到譴責，而懲治她的牛成章於死後卻另娶姬氏，自己能另娶妻室，同樣六七年間置家不問，卻不准妻子如法炮製。由具有等同行為的男性來處置有等同行為的女性，如此，蒲松齡對於男貞／女貞的看法也就不言而喻了！

另外，在《聊齋志異》中有兩則篇章卷二〈耿十八〉、卷五〈金生色〉，更可見男性在女性守貞問題上之在意與偽善。耿十八病重垂危時，對妻子說「嫁守由汝」，希望聽聽她的決定。妻子本不作聲，耿十八一再勸說：「守固佳，嫁亦恆情。明言之，庸何傷？行與子訣。子守，我心慰；子嫁，我意斷也。」堅持問個明白，妻子於是憂傷地說：「家無儋石，君在猶不給，何以能守？」坦白家貧不能守節。怎料耿十八聞言，猛然捉住妻子的手，恨恨地罵她真忍心！說完即死。耿十八在陰間遭逢奇遇死而復生，復生後因妻子的那番話而厭惡、鄙薄她，從此不再與她同床共枕。耿十八以巧言誑騙妻子明心志，表面上說得好聽是任妻抉擇，守節也好、改嫁也好都無妨，還說出改嫁也是人之常情這樣通達開明、寬厚仁慈的話來；但當妻子真的表明了因家貧無法守節時，耿十八偽善的嘴臉全變了，對妻子不能為自己守節感到無比的憤怒與痛恨。由此看來，耿十八臨死前的那番話表面上是替妻子打算將來，實際上卻是對妻子貞潔與否的一大考驗。

而金生色則比耿十八來得更加偽善。同樣於臨死前，金生色告訴妻子木氏務必改嫁，切勿為他守節。木氏聞言，立刻指天發誓，誓死不再嫁。金生色只是搖搖頭，叮囑母親不要叫妻子守寡。不久，金生色過世，前來弔唁的木母因女兒尚年輕，勸她改嫁。兒死尚溫，媳婦即商議改嫁之事，這讓原本答應兒子請求的金母，憤而要求媳婦一定要守節。當夜，金母夢見兒子哭勸她不要強留媳婦。故事發展至此，金生色寬宏的氣度，不免讓人以為他在女性守貞這議題上是抱持著開明的思想。但事實不然，當木氏耐不住寂寞，真的與村中無賴董貴勾搭上時，金生色卻又以鬼的形象現身，親自捉姦，怒揪木氏的髮回到木家，設計火燒木家，將木家人引至牆外桃園，讓木家人把木氏誤以為是賊人，引箭射殺，懲治了木氏的不貞。

金生色於彌留時表現忠厚寬容，一再要求妻子不要守節，固然已是知道依木氏性情恐怕守不了寡，與其強要她守寡而不貞，壞了名節，不如讓她早早改嫁；但既是如此，當木氏真與他人苟合時，又何必殘酷地懲姦呢？金生色冷酷狠毒的報復行為，與他先前寬宏容許妻子再嫁的立場前後矛盾，種種跡象看來，金生色與耿十八其實都是一樣的以退為進，故作大方實則包藏禍心。甚至，為不貞而受到嚴懲的不只木氏一人，其姦夫董貴因姦情曝光躲進鄰家，鄰婦誤以為丈夫歸來而與之狎褻，被丈夫將二人先後殺害。而鄰婦的婆婆正是為董貴與木氏的苟合居中牽線者，後來整個案子見官，鄰家老嫗因為人導淫而被判亂杖打死。木母因為教唆女兒改嫁，使其不守婦道，被判縱淫罪，遭棍打，還得拿家產來自贖。木氏的不貞，固然有其道德上的缺陷，但為她一人的不貞，牽連四人死於非命、木母與鄰家子活活受罪。蒲松齡於文末評道：「鄰嫗誘人婦，而反淫己婦；木媼愛女，而卒以殺女。嗚呼！『欲知後日因，當前作者是』，報更速於來生矣！」蒲松齡將一切導因於木氏的敗德無行，將不貞的後果渲染得如此嚴重，本文的封建衛道性不容置疑。但明倫亦評曰：「縱淫者自殺其女，導淫者自殺其婦，宣淫者自殺其身。」[五十一]頗能呼應蒲松齡的看法。而大陸學者馬瑞芳在評論〈金生色〉一文時，認為金生色「智且孝」：「寫金生臨危囑妻改醮，顯其對信誓旦旦的同衾人二三其德的明識；托夢於母，再申讓妻改嫁的決心，見其維護家庭聲譽及避免妻出乖露丑的良苦用意。」[五十二]然則，若真無意讓妻子出乖露丑，也就不會有「墓向不利」一事，讓偽善的金生色有機會落實罪名，懲治妻子的不貞了。

此外，蒲松齡也將不貞之婦當成是對品德低下的男性的一種報應。如卷七〈甄后〉，蒲松齡將甄后視為不貞之婦：「始於袁，終於曹，而後注意於公幹，仙人不應若是。」因此不貞的甄后嫁與

五十一 詳見蒲松齡著，張友鶴輯校：《聊齋誌異》會校會注會評本，頁七〇二。

五十二 詳見馬振方主編：《聊齋志異評賞大成》第二冊，頁四四一。

曹丕，對曹丕而言便成了一種惡報：「然平心而論：奸瞞之篡子，何必有貞婦哉？」

一般而言，社會對女性貞節的要求是頗為嚴酷的，但在某些特定情況下，男性為了給自己帶來更大利益，他們會對女性貞節這一隱形價值進行轉換，會對女性貞節的要求有所放鬆[五十三]。如卷二〈張誠〉一篇，時值明末山東大亂，張某的妻子被清兵擄走，於是張某遷居河南，前後娶了兩任繼室，各生下一名兒子。元配當年被擄後，身屬一名黑固山指揮，半年後生下嫡長子。張某與元配兩人分離四十多年，後因緣際會相逢，張某並未計較元配曾改嫁一事，仍予以接納，一家團圓，和樂融融。張某之所以未對元配曾改嫁一事耿耿於懷，是因為元配乃為保全前夫子嗣而改嫁。特別是動亂年代，子嗣有可能遭到殺戮，保障子嗣的安全就成了家庭的一個重要任務。在這些情況下，社會輿論要求女性為保護子嗣做出特殊貢獻，哪怕是用她們的貞操來換取子嗣的安全也要在所不惜。她們必須在關鍵時刻幫助男性，為他們保住後嗣。因此，張某元配的改嫁，是在道德及男性本身允許的範圍之內，無損婦德，故得以有個圓滿的結局。

卷七〈冤獄〉寫朱生請媒人說親，卻見到鄰人妻子貌美，於是開玩笑地和媒人說：「適睹尊鄰，雅少麗，若為我求凰，渠可也。」媒人也開玩笑地回應：「請殺其男子，我為若圖之。」朱生玩笑

五十三　李新燦認為有四種特定情況，男性會對女性貞節的要求有所放鬆。第一是為了子嗣，第二是為了金錢，第三是為了讓自己能夠獲得更大的性愛自由，第四則是為了滿足自己的變態性慾。詳見李新燦：〈隱形價值的保護與轉換——從明清小說看男性對貞節觀念的變化〉一文，《語文學刊》二〇〇二年第六期，頁二一—二二。

地允諾。未料，鄰人竟於不久後被殺，官府懷疑是朱生與鄰人妻子有私情而共謀殺害鄰人，百般刑求，逼供成招。幸得神明相助，讓真兇現形，冤獄得解。過了一年多，鄰人之母想將兒媳婦改嫁出去，鄰人妻因感念朱生的義氣，遂改嫁給朱生。在這篇故事中，我們也看不到蒲松齡對鄰人妻改嫁的責難，一來是鄰人婦的改嫁乃婆婆同意且主動提出的，二來鄰人妻所改嫁的對象是於她有「再生之恩、全節之義」的朱生，「其生命名節皆因朱生而重獲新生」，改嫁給有俠義之氣的朱生自然是可獲寬容的。

此外，男性為了金錢利益，或是自身的性愛利益，也都能接受女性的再適他人。最佳的證明就是《聊齋志異》也出現了一些男性賣妾、易妾的例子。如卷十〈素秋〉一文，素秋嫁給某甲後，因某甲欠下大筆債務，愛慕素秋的韓荃於是說服某甲以五百兩黃金及兩名侍妾交換素秋。韓荃愛慕美色，並不在乎素秋已為人婦，也不在乎自己的兩名侍妾送給他人即不能為自己守貞；同樣的，某甲為金錢利益，也就將男性對女性的貞節要求擱置一旁，爽快答應將自己的妻子交換出去，也無視貞潔樂意接收他人的侍妾。文中兩名男性都在金錢與性愛利益的考量上，將對女性的貞節要求拋諸腦後。

又如同卷的〈仇大娘〉中仇仲被強盜擄去，妻子邵氏獨力撫養兩個孩子，仇仲的叔父仇尚廉認為邵氏改嫁對自己有利，就屢次勸她改嫁，但邵氏立志守節不為所動。於是仇尚廉暗地同一個大戶人家立下契約，強迫邵氏改嫁。仇尚廉亦是基於金錢利益的考量，認為邵氏改嫁對自己有利，對他而言，邵氏的貞節與否，能不能獲頒個貞節牌坊，既不實際也不甚重要，邵氏改嫁後他所得到的利益才是最重要的。為了這個目的，男性自然能將對女性貞節的束縛稍稍鬆綁一些。

第四章　現實與虛幻——異類女性角色的創造

《聊齋志異》一書中充滿了許多動人的戀愛故事，而愛情的發生並不受物種界別所限，男子可與人、仙、妖、鬼發生情感，其中尤以人與妖之間的戀情最為多見，由表4-1中可得知，男子與人間女子相戀的篇章有二十七篇、男子與仙女相戀的篇章有十三篇、男子與女鬼的篇章有二十二篇，而男子與女妖相戀的篇章則多達五十篇，幾乎達到情愛故事總數量的一半，足見數量之龐大。

表4-1　人類異類相戀篇章表

序號	人妖相戀篇章	人人相戀篇章	人鬼相戀篇章	人仙相戀篇章
1	嬌娜	俠女	新郎	白于玉
2	王成	阿寶	聶小倩	翩翩
3	青鳳	白于玉	水莽草	羅剎海市
4	嬰寧	連城	蓮香	西湖主

序號	人妖相戀篇章	人人相戀篇章	人鬼相戀篇章	人仙相戀篇章
5	胡四姐	庚娘	巧娘	雲翠仙
6	蓮香	青梅	林四娘	蕙芳
7	汾州狐	姊妹易嫁	魯公女	仙人島
8	巧娘	封三娘	連瑣	嫦娥
9	紅玉	彭海秋	公孫九娘	雲蘿公主
10	胡氏	竇氏	章阿端	神女
11	黃九郎	細侯	土偶	織成
12	金陵女子	菱角	伍秋月	粉蝶
13	犬燈	江城	小謝	錦瑟
14	狐妾	邵女	梅女	
15	阿霞	鞏仙	鬼妻	
16	毛狐	青娥	呂無病	
17	青梅	胡四娘	愛奴	
18	狐諧	阿繡	湘裙	

序號	人妖相戀篇章	人人相戀篇章	人鬼相戀篇章	人仙相戀篇章
19	辛十四娘	細柳	馮木匠	
20	雙燈	鍾生	嘉平公子	
21	鴉頭	喬女	薛慰娘	
22	狐夢	臙脂	房文淑	
23	花姑子	瑞雲		
24	武孝廉	陳雲棲		
25	蓮花公主	王桂菴		
26	綠衣女	寄生		
27	荷花三娘子	紉針		
28	蕭七			
29	阿英			
30	阿繡			
31	小翠			
32	嫦娥			

序號	人妖相戀篇章	人人相戀篇章	人鬼相戀篇章	人仙相戀篇章
33	醜狐			
34	鳳仙			
35	小梅			
36	張鴻漸			
37	長亭			
38	素秋			
39	阿纖			
40	恆娘			
41	葛巾			
42	黃英			
43	書癡			
44	青蛙神			
45	白秋練			
46	竹青			

序號	人妖相戀篇章	人人相戀篇章	人鬼相戀篇章	人仙相戀篇章
47	狐女			
48	香玉			
49	褚遂良			
50	浙東生			

因此，本章擬先就中國文學史上女性形象異類化的發展流變切入，了解從遠古至清初，《聊齋志異》女性形象異類化的前承。其次，仔細比較分析人類女性與異類女性之異同，以了解何以蒲松齡會創造出那麼大量的異類女性角色。

第一節　女性形象異類化的歷史發展

蒲松齡承襲六朝志怪和唐宋傳奇而來，以狐鬼幽冥等超實事物反映現實，表現理想的傳統，並加以創造，構成了《聊齋志異》想像豐富奇特、故事變化莫測、境界神異迷人的獨特風格。其中，蒲松齡將女性角色異類化的寫法其來有自。志怪發展於神話歷史化運動行將完成時，兩漢時期趨於成熟，魏晉南北朝時期達到全盛。唐傳奇興起後，志怪退出小說主流，在初期的唐傳奇集中，不少作品仍帶有濃重的志怪色彩。到了唐末，神仙題材復熾，志怪與傳奇又有合流的趨勢。宋以後因白話小說興盛，志怪呈衰退之現象，直到《聊齋志異》的誕生，才將志怪與傳奇兩種文體的優長熔於一爐，為志怪小說帶來另一次的創作高峰。[一] 蒲松齡將人物異類化的寫法，早在《列異傳》中就出現：

> 彭城有男子娶婦不悅之，在外宿月餘日。婦曰：「何故不復入？」男曰：「汝夜輒出，我故不入。」婦曰：「我初不出。」婿驚。婦云：「君自有異志，當為他所惑耳。後有至者，君便抱留之，索火照視之，為何物？」後所願還至，故作其婦，前卻未入，有一人從後推令前，即上床，婿捉之曰：「夜夜出何為？」婦曰：「君與東舍女往來，而驚欲托鬼魅，以前約相掩耳。」婿放之，與共臥，夜半心悟。乃計曰：「魅迷人，非是我婦也。」乃向前攬捉，大呼求火，稍稍縮小，發而視之，得一鯉魚長二尺。[二]

一　俞汝捷認為：「《聊齋志異》則將怪異與現實相結合。又如，在文體形式上，志怪崇尚簡樸，傳奇較重藻飾，寫來宛曲有致，《聊齋志異》則將簡潔與藻飾、宛曲相結合。」詳見俞汝捷：《幻想和寄託的國度——志怪傳奇新論》（台北：淑馨出版社，一九九一年四月），頁一六。

二　轉引自李昉：《太平廣記》卷四六九（台北：文史哲出版社，一九八一年），頁三八六四。

鯉魚化身為新嫁娘，魅惑男子，使男子以為自己的妻子不守婦道，夜夜出門。後使計，迫令假新娘露出原形。

六朝時期，異類人物與人類的互動故事數量頗為豐富，其中保存最多且最著名的莫過於干寶《搜神記》，其中有不少異類人物與人類相交的篇章，如〈女化蠶〉、〈成公知瓊〉、〈杜蘭香〉……等，以下舉〈紫玉韓重〉為例：

吳王夫差，小女，名曰紫玉，年十八，才貌俱美。童子韓重，年十九，有道術，女悅之，私交信問，許為之妻。重學於齊、魯之間，臨去，屬其父母使求婚。王怒，不與。女玉結氣死，葬閶門之外。三年，重歸，詰其父母；父母曰：「王大怒，玉結氣死，已葬矣。」重哭泣哀慟，具牲幣往弔於墓前。玉魂從墓出，見重流涕，謂曰：「昔爾行之後，令二親從王相求，度必克從大願；不圖別後遭命，奈何！」玉乃左顧，宛頸而歌曰：「南山有烏，北山張羅；烏既高飛，羅將奈何！意欲從君，讒言孔多。悲結生疾，沒命黃壚。命之不造，冤如之何！羽族之長，名為鳳凰；一日失雄，三年感傷；雖有眾鳥，不為匹雙。故見鄙姿，逢君輝光。身遠心近，何當暫忘。」歌畢，歔欷流涕，要重還塚。重曰：「死生異路，懼有尤愆，不敢承命。」玉曰：「死生異路，吾亦知之；然今一別，永無後期。子將畏我為鬼而禍子乎？欲誠所奉，寧不相信。」重感其言，送之還塚。玉與之飲燕，留三日三夜，盡夫婦之禮。臨出，取徑寸明珠以送重曰：「既毀其名，又絕其願，復何言哉！時節自愛。若至吾家，致敬大王。」重既出，遂詣王自說其事。王大怒曰：「吾女既死，而重造訛言，以玷穢亡靈，此不過發塚取物，托以鬼神。」趣收重。重走脫，至玉墓所，訴之。玉曰：「無憂。今歸白王。」王妝梳，忽見玉，驚愕悲喜，問曰：「爾緣何生？」玉跪而言曰：「昔諸生韓重來求玉，大王不許，玉名毀，義絕，自致身亡。重從遠還，聞玉已死，故齎牲幣，詣塚吊唁。感其篤，終輒與相見，因以珠遺之，不為發塚。願勿推治。」夫人聞之，出而抱之。玉如煙然。三

本篇寫吳王夫差的小女紫玉與韓重相愛，吳王不許，紫玉氣結而死。韓重與紫玉魂魄相會，盡夫婦之禮。這種生死如一的真摯愛情，深刻地反映了封建社會青年男女追求幸福的婚姻生活的強烈願望。為配合故事情節的需要，作者在藝術上大量地採用了浪漫主義的表現手法，使紫玉的形象雖為鬼魂卻顯得十分感人。

《搜神記》之後，優秀的志怪書當數劉義慶的《幽明錄》、王嘉的《拾遺記》、舊題陶潛所作的《搜神後記》。

到了唐代傳奇，首先是在志怪的基礎上，加以繁衍擴展，形成著意虛構而又怪誕離奇的長篇，而後再轉向人間生活。如沈既濟〈任氏傳〉，寫貧士鄭六與狐精幻化的美女任氏相愛，鄭六妻族的

三　詳見干寶著，黃滌明譯注：《搜神記全譯》（貴陽：貴州人民出版社，一九九六年三月），頁四四九—四五〇。

富家公子韋崟知此事後，依仗富貴去調戲她，甚至施以暴力，但任氏堅拒不從，並責以大義，表現了對愛情的忠貞。韋崟為之感動，從此二人結為不拘形跡的朋友。後鄭六攜任氏赴外地就職，任氏在途中為獵犬所害，鄭六涕泣葬之。全篇情節曲折豐富，對任氏形象的刻劃尤為出色，生動地表現了她多情、開朗、機敏、剛烈的個性特徵，與六朝一些簡單粗陋的狐女故事相比，〈任氏傳〉在使異類人性化、人情化方面取得了開創性的成就。志怪題材在這篇小說中進一步向富有人情味、更接近現實生活的方向發展了。

宋代時期，屬於志怪類的宋人專集或總集，較著名的有宋初徐鉉《稽神錄》、吳淑《江淮異人錄》、魯應龍《閑窗括異志》、洪邁《夷堅志》、佚名《鬼董》等。

從唐末到清初這段時期，人類與異類的小說以不同的文體紛紛問世，不管是筆記體、話本體或章回體，都有很高的藝術成就。蒲松齡承襲前人的智慧結晶與藝術成就，再通過他個人的熔合焠煉，成就了《聊齋志異》高度發展的女性異類化手法。

第二節　異類女性與人類女性之比較

蒲松齡一方面大力稱揚賢良淑德的傳統女性，亦即他所塑造的正面女性形象，另一方面卻也深知這類女性受限於道德約束與壓抑，顯得呆板無趣，良家婦女滿足了中國男性的社會需要，卻無法滿足其情感上的需求。因而蒲松齡在現實世界的人類婦女之外，又大量塑造了一批非人類的女性，以千變萬化的面貌姿態，來滿足男性內心深處的情愛大夢。前者是為了符合社會、道德需求而塑造的宣揚教化用的形象，象徵的是「禮」，男性對情與性的大膽渴望，在現實生活中，不能也不願施展於人類女性身上；後者則正是為了滿足男性作家情與性的需求而塑造的形象，象徵的是「情」。這兩類女性的出現，可說是「源於封建社會中男性對女性的德、色雙重需求的外化」[四]。

《聊齋志異》中的正面女性形象，歷來為人們所津津樂道。而這些女性形象既有屬於人類的，也有屬於非人類的鬼狐仙妖的。兩者之間，既有著共通點，卻又存在著很大的差異性。異類女性與人類女性在外貌、個性、價值觀上有何異同，是本節首先要探討的，並從而分析蒲松齡將女性異類化之目的。

一、人類女性與異類女性之共通性

人類女性與異類女性最大的共通性，即是「無妒」，這一點可說是蒲松齡非常在意的（見前文之論述）。當然，此處所論的共通性「無妒」，乃就蒲松齡所稱揚的女性形象而言。

[四] 詳見陶祝婉：〈德與色，貞女賢婦與「自由」女性——《聊齋志異》「人類」與「非人類」正面女性形象比較〉，《浙江教育學院學報》二〇〇三年第五期（二〇〇三年九月），頁二二。

人類女性的無妒，最足以代表者為卷六〈林氏〉一文中的林氏，林氏因受難貌醜，加之無法生育，遂主動為丈夫安排婢女同床以延承子嗣。對於林氏，蒲松齡高度的稱揚她，他說：「古有賢姬，如林者，可謂聖矣！」

又如卷五〈武孝廉〉中的石舉人，赴京途中生了大病，幸得狐婦相救。狐婦向石舉人提出成親的請求，給的是自由意志的抉擇，而非脅迫。石舉人見狐婦雖年過四十，但「被服粲麗，神采猶都」，自己又「喪偶經年」，聽到狐婦的請求，石舉人是「喜愜過望，遂相燕好。」可見，兩人的成親是出於石舉人的心甘情願，毫無勉強。

但當石舉人進京順利任了官，竟嫌棄狐婦年歲太大，終究不是個佳偶，於是瞞著狐婦，又聘娶了王氏女為繼室。狐婦得知消息後，親自上門找石舉人理論，並將事情的經過一一講訴給王氏了解，王氏一明白前因後果，也大罵石舉人無情無義。對於狐婦的到來，王氏原本還有些擔心，畢竟論起先來後到，她還得稱呼狐婦一聲姐姐。但狐婦嫻靜溫和，夜晚又從不和王氏爭丈夫，王氏見她如此寬容，更加敬重她，每天早晨向她問安，侍奉她如公婆一般尊敬，兩人互相愛憐。

而後，王氏意外發現狐婦的真實身分——狐精，將此事告知石舉人，石舉人於是拿刀要殺醉酒的狐婦，王氏心裡可憐她，反對說道：「即狐，何負於君？」石舉人不聽，欲下手之時，狐婦清醒，將先前救命的藥丸自石舉人體內索回，石舉人病了半年即死。

整個故事中，王氏一直與狐婦相敬如母女，對於這個後來闖入（實則早於王氏）的非人類女性，王氏一直表現得無妒無嫉，甚至在石舉人欲殺害這個分享她丈夫的第三者時，王氏本可抱持著狐婦一死，丈夫全歸我所有的心態，讓石舉人殺了狐婦；然而王氏非但沒有這樣做，反而阻撓石舉人狠毒的舉動。若非真心敬愛狐婦，何來此舉？

而異類女性的無妒，主要表現在兩方面。首先，異類女性所喜歡並主動與之歡好的對象，往往是已有妻室的男性——其中又通常是讀書人。她們仰慕男主角的風雅才情，主動現身與之交歡，如卷二〈聶小倩〉篇中女鬼聶小倩中意的寧采臣，已有了個臥病在床的妻子，聶小倩願做其侍妾以報答他的恩惠，一開始，寧母懼怕其女鬼的身分，不敢讓寧采臣娶她，聶小倩也心甘情願地將寧采臣視為兄長，「朝旦朝母，捧匜沃盥，下堂操作，無不曲承母志。」對臥病的「嫂嫂」也相當關心。後寧妻去世，寧母遂讓聶小倩做了兒媳，日後寧采臣又娶一妾。聶小倩在明知寧采臣已有家室的情況下，仍願意委身於他，對其元配及後娶之妾，皆無妒意。

又如卷一〈青鳳〉篇中狐女青鳳主動前去會晤的耿去病、卷二〈林四娘〉篇中女鬼林四娘歡好的對象陳寶鑰、〈狐妾〉篇中狐女交歡的對象劉洞九、〈阿霞〉篇中非人類女性阿霞歡好的對象景生等等，均是已有家室的男性，但這些異類女性皆不在意其身分而與之歡好，從不妒忌男主角的正妻，也從未曾有過獨佔男主角的念頭。

此外，卷十一〈竹青〉一文也相當值得探究。男主角魚客想和女主角竹青一同南下回鄉，但竹青卻說：「無論妾不能往；縱往，君家自有婦，將何以處妾乎？不如置妾於此，為君別院可耳。」

知道魚客在家鄉已有家室，竹青非但不計較，反而主動為魚客設想兩全其美之法。就這樣，魚客在兩個家庭之間往返生活。魚客的元配和氏無子，得知竹青產下一子漢產，便希望見一見他。竹青也大方地將漢產送去給和氏，與她相聚一段時日。因和氏非常喜愛漢產，於是竹青主動提議，待她再生孩子，便讓漢產回去與和氏相會。後竹青果然遵守約定。但因每年要往返三四趟，實在不甚方便，魚客於是舉家遷往竹青居住的漢陽，兩個家庭相處和樂融融。相較於前文所述幾篇異類女性與人類正妻並無實際接觸，無所謂的雙方接納或相互衝突的產生，竹青／異類女性與和氏／人類女性是雙方相互知道彼此的存在，卻毫無妒意，甚至樂於接納對方。

其次，異類女性的無妒又表現在她們並不介意與自己歡好的男性同時又與其他異類女性歡好，除非那另外的異類女性本身有害於男性。如卷二〈蓮香〉中的兩位女主人翁狐狸精蓮香與女鬼李氏，書生桑曉先結識蓮香，並與之歡好，後到的李氏知道蓮香的存在，卻不介意，甚至說：「彼來我往，彼往我來可耳。」願意以這樣的方式與蓮香兩人共享桑曉。直到一次李氏問起自己和蓮香誰長得較美，桑曉告訴她，兩人皆可謂人間絕美，只不過蓮香的肌膚較溫暖。聞言，李氏自覺姿容不比蓮香，始心存芥蒂。至於蓮香一開始反對桑曉與李氏交歡，並非出於嫉妒，而是因為她知道李氏為女鬼，鬼魂陰氣盛，天天與之交歡，桑曉死期不遠！蓮香因此才勸阻桑曉與李氏繼續往來。而當李氏得知蓮香阻撓兩人往來，這也才動了怒，要求桑曉與蓮香斷絕關係。最後蓮香與李氏雙雙借屍復活或投胎轉世，均下嫁予桑曉，兩人共事一夫，其樂融融。由此可知，不管是蓮香或李氏，要求桑曉離開對方，均只因某些特殊緣故，並非出於嫉妒。兩人在一開始或最後，對於非人類正室的對方，均能坦然接受彼此的存在，並不介意與他人共享一夫。

二、人類女性與異類女性之差異性

人類女性與異類女性除了同樣無妒外，在其他方面就具有不少差異性存在，主要表現在女性德才貌與兩性結合方面。

（一）姿容與才德

在姿容方面，蒲松齡描寫人類女性時，除少數篇章中幾位人類女性外，蒲松齡很少提到她們的相貌如何。即便是寫人類女性的姿容，也是簡單點到為止，或採直接稱美的寫法，如卷二〈阿寶〉寫阿寶「絕色也」、「娟麗無雙」；卷三〈連城〉篇中寫連城出場時，對其姿容如何隻字未提，及至喬生要求連城若真感念他的一片知己之情，他日「相逢時，當為我一笑」，方寫連城「秋波轉顧，啟齒嫣然」。卷九〈寄生〉篇中寫鄭閨秀僅「慧艷絕倫」四字，寫張五可則較多筆墨，先述五可家中「五女皆美；幼者名五可，尤冠諸姊」，後五可夢中與王孫相會，寫她「著松花色細褶繡裙，雙鉤微露，神仙不啻也」。卷十一〈陳雲棲〉篇中寫陳雲棲「曠世真無其儔」、「姿容曼妙，目所未睹」，寫盛雲眠則未提隻字。

蒲松齡在刻劃人類女性角色時，主要是將重心擺放在她們的德與才之描寫，如寫陳雲棲「孝謹」，「而彈琴好弈」；寫盛雲眠雖未刻劃其姿容，卻強調真毓生之母「自得盛，經理井井，晝日無事，輒與女弈。挑燈瀹茗，聽兩婦彈琴，夜分始散」，又，「家雖不豐，薄田三百畝，幸得雲眠紀理，日益溫飽。」另如阿寶嫁入孫家後，「自是家得奩妝，小阜，頗增物產。」而孫子楚「癡於書，不知理家人生業。」幸得阿寶「善居積，亦不以他事累生。居三年，家益富。」由此可知，在人類女性的正面形象塑造上，蒲松齡看重的主要不是她們的貌，而是她們的德與才！

而鬼狐仙妖這些異類女性，除有少數幾位年紀稍大之外，一般都是年輕且貌美絕倫，蒲松齡描寫得也較細膩，如卷一〈青鳳〉寫狐女青鳳初出場：「少時，媼偕女郎出。審顧之，弱態生嬌，秋波流慧，人間無其麗也。」卷十〈葛巾〉寫牡丹花精葛巾：「女郎近曳之，忽聞異香竟體，即以手握玉腕而起，指膚軟膩，使人骨節欲酥。」卷二〈蓮香〉寫鬼女李氏：「一女子翩然入。生意其蓮，承逆與語。覿面殊非，年僅十五六，嚲袖垂髫，風流秀曼，行步之間，若還若往。」寫異類女性，蒲松齡多半採細部描繪。至於異類女性之才能，則偏重以法力幫助男性主角度過難關或富裕其家。如卷五〈荷花三娘子〉一篇，男主角宗湘若家境貧困，結識荷花三娘子後，「金帛常盈箱篋，亦不知所自來」，宗湘若也明白「卿歸我時，貧苦不自立，賴卿小阜」。又如卷七〈小翠〉一文，女主角狐女小翠為報恩嫁給癡傻的王元豐，不僅三番兩次解救元豐之父王太常於政治鬥爭中，更讓元豐脫胎換骨，去癡復智。

（二）兩性結合

其次，在男女結合方面，人類女性一般是絕對依照「父母之命，媒妁之言」來實行的，同時必定有一個較為嚴格的「親迎之禮」來顯示他們結合的合法性和合理性。他們通常是不會在「親迎之禮」前私自結合的，除非在自己已屬非人的情況下。換言之，人類女性在蒲松齡的安排下，是恪遵禮教、守貞不移的，這便符合了蒲松齡對人類女性正面形象在婦德上的要求。

而異類女性就不同了，既然異類女性是為滿足男主角／男性作家情與性的需求而塑造出來的，於是她們往往向男性自薦枕席，主動為他們消除寂寞，給他們帶來難以言喻的性愛歡樂。關於《聊齋志異》在性愛場景的描寫，學者曲沐曾有這樣的評論：

> 中國「性」文化有著良好的傳統，其在文學藝術的表現中一般分為「變態的性欲描寫」和「文學的性欲描寫」兩類，《聊齋志異》則屬於後者。《聊齋志異》中的性欲描寫含蓄、蘊藉，少敘述而多形容，且與異性間感情的發展相伴以行，它既是男女愛情激流的湧現，是情節和人物性格發展的需要，又是小說藝術氛圍所不可缺少的，不能以「低級庸俗」將其完全抹煞。特別是那些歌頌愛情的小說中的性欲描寫，更是繪聲繪影，儀態萬方，多姿多彩地展現了中國性文化的美質。[五]

[五] 詳見曲沐：〈漫議《聊齋志異》的「性」文化美質〉，《貴州大學學報（社會科學版）》第十九卷第二期（二〇〇一年三月），頁六七。

全書描述男女交歡場景，雖屬於文學式的性欲描寫，含蓄而蘊藉，但仔細比較人類女性與異類女性在交歡部分的文字，蒲松齡在描寫異類女性與男性交歡時，顯然比描寫人類女性交歡要來得大膽開放許多。

蒲松齡描寫人類女性部分，多半一兩筆即勾畫描繪盡致，留給人無限想像的餘地。如卷二〈俠女〉：「挑之，亦不拒，欣然交懽。」卷二〈白于玉〉：「既而衾枕之愛，極盡綢繆。」刻劃較細膩、開放的，大概只有卷六〈林氏〉這篇，在戚安期與婢女海棠初次交歡的場景，蒲松齡這樣寫道：

> 戚入，就榻戲曰：「佃人來矣。深愧錢鎛不利，負此良田。」婢不語。既而舉事，婢小語曰：「私處小腫，顛猛不任。」戚體意溫卹之。

但寫異類女性之歡愛，大膽開放者不在少數，如卷三〈連瑣〉寫楊于畏初見連瑣，雖在連瑣勸阻下未與之發生關係，但楊于畏仍「戲以手探胸，則雞頭之肉，依然處子。又欲視其裙下雙鉤。」雖大膽卻不低俗。而卷二〈巧娘〉寫傅廉夜宿巧娘家，室內只有一床，二人遂共臥：

> 未幾，女暗中以纖手探入，輕捻脛股。生偽寐，若不覺知。又未幾，啟衾入，搖生，迄不動。女便下探隱處。……生挽就寢榻，偎向之。女戲掬臍下，曰：「惜可兒此處闕然。」語未竟，觸手盈握。驚曰：「何前之渺渺，而遽累然！」生笑曰：「前羞見客，故縮；今以誚謗難堪，

聊作蛙怒耳。」遂相綢繆。

本篇因男主人翁是在性功能上有先天的缺陷：「天閹，十七歲，陰裁如蠶。」因而在歡好的場景上，蒲松齡刻意側重在男性生殖器前後的差異來描述。又如卷四〈雙燈〉一文寫人狐交歡：

魏細瞻女郎，楚楚若仙，心甚悅之。……遽近枕席，煖手於懷。魏始為之破顏，捋袴相嘲，遂與狎昵。……遂喚婢襆被來，展布榻間，綺穀香軟。頃之，緩帶交偎，口脂濃射，真不數漢家溫柔鄉也。

寫魏運旺與狐女歡會，款款多情而不庸俗。異類女性在性愛上的主動與開放，是仍保有封建父權思想的蒲松齡不可能落實在人類女性身上來營造的。換言之，蒲松齡在塑造異類女性時，德、才、貌三者是皆備的，尤其是側重於「貌」與「性」。

第五章　卑微與偉大——女性的自我與價值審視

《聊齋志異》中大量出現的人類或異類女性可說是來源於蒲松齡對女性的理解與理想，全書本身就是一種「作者主觀意志與現實世界契合和妥協的產物」[一]。蒲松齡基於這樣的心態下從事創作，其所塑造的女性角色就文學創作進程而言，整體是否屬於一種封建思想上的大躍進？歷來學者看法不一。如趙章超在〈試論《聊齋志異》的女性主義色彩〉一文中即認為：

由於特殊的時代環境，在《聊齋志異》中，遙承於遠古，出現了一個女性自我世界。它消解了夫權制度，豐富了傳統文學中女性單一、病態的性格特點，也解構了封建知識分子躊躇滿志、不可一世的文學神話。[二]

一　占驍勇以為：「《聊齋》本身就是作者主觀意志與現實世界契合和妥協的產物，廣義地講，所有的文學都是如此。」詳見占驍勇：〈《聊齋志異》中女性形象的來源〉，《華中科技大學學報．社會科學版》二〇〇二年一期（二〇〇三年一月），頁一一一。

二　詳見趙章超：〈試論《聊齋志異》的女性主義色彩〉，《樂山師範學院學報》二〇〇一年第三期（二〇〇一年四月），頁五七。

而相反的，也有不少學者在讚揚蒲松齡的生花妙筆之餘，毫無避諱地指出，蒲松齡在女性形象的塑造上，仍舊是沿用男權意識、父權視野去看待、去形塑的。如徐大軍就指出：

我們看到在對她們的描寫中，體現了某些可貴的進步思想，描畫出在那個男權社會中女性的理想指向，可我們仍然能看到她們在意識觀念上所受到的種種歧視或偏見的壓迫。在情感生活、家庭生活及社會生活中她們依然背負著傳統的重荷，即使在她們的反抗中，亦時時晃動著男權意識的精神鎖鏈。她們是那個社會中男權意識製造出的形象。[三]

誠然，就角色個體而言，《聊齋志異》形塑了大量光彩照人的女性，她們較先前的文言小說中的女性角色，來得更加鮮活，更加有自主性，實屬一大進步；但若將這些女性角色置於男性社會中視之，會發現多數的女性角色仍舊是為男性而「創造」出來的，為了男性而有這些受人稱揚的特質。

在本章，將針對《聊齋志異》女性角色在篇章中所呈現的個體自我意識，與為男性社會而存在的生存方式、在父系社會中是否能掌握主導權等進行探討，以釐清蒲松齡所創造出的這些女性角

三　徐大軍認為在蒲松齡那樣一個年代裡，「文學作為一種文化的意義載體，跳動著社會價值、秩序的脈搏。甚至在那些進步作家的作品中，也不可避免地沾染著男權意識的色彩。」詳見徐大軍：〈男權意識視野中的女性——《聊齋志異》中女性形象掃描〉，《蒲松齡研究》二〇〇一年一期（二〇〇一年三月），頁六八。於是在全書中，從這些女性身上，我們看到了進步的思想，卻仍舊不可避免地看到了男權意識的痕跡。

色，究竟蘊含的是男權意識的解構，抑或男權意識的潛流。

第一節　存在或消失的聲音？女性的自我

《聊齋志異》作為一個男性文本，在女性角色的塑造上，究竟傳達的是女性個體的真實自我，為女性而發聲，抑或僅僅淪為男性作家的傳聲筒？本節擬就女性角色的自我呈現做探討。

一、女性的發聲

在《聊齋志異》一書中，一些女性已經注意到「自我意識」的問題，她們在過程中探索自我、建立自我，並勇於呈現自我，為自我發聲。她們重視自我選擇權——尤其是在對命運的抉擇，並不認為女性在父權社會裡就應該當一個沒有聲音的性別。

卷二〈俠女〉中未具名的俠女，在全書中是一個非常獨特的女性角色。她在篇章中的形象是冷若冰霜、嚴肅可敬畏的，不像其他女性一樣承歡男性，也不像其他女性一樣柔弱無主見。俠女的生命意義，不再只建構於男性價值上，對於自己的人生，她有個人的想法。當毗鄰而居的顧生母親前往向她求婚，欲媒合自己的兒子時，俠女不僅默然不答，還面無喜色，顯然對於一般女性所追求人生最終的目的——擁有一個幸福婚姻做依靠，俠女清楚地認知到這並非她所想要的，俠女堅持的是她自己的人生，她明白自己的人生與價值毋需建立在婚姻上。從一開始的不欲與顧生有所牽連，到最後為報顧母與顧生周恤之恩，「代母縫紉，操作如婦」，又不厭其穢，侍病床頭，親自為顧母洗瘡敷藥，甚至為顧生生養子嗣，卻終究不肯答應與顧生有正式的婚約。俠女體認到自己人生的需求，她生命的目標在於報父仇，她揚棄了傳統社會所賦予女性的妻子角色、母親角色，一切與她生命目標相牴觸的事物，她都能勇於拒絕，甚至在報完父仇後，她亦非就此踏入傳統女性的窠臼裡，而是隻身遠離尋求自己的新生活。而孝敬顧母，與顧生私會成歡、懷孕生子，這些發展並非代表俠女屈從於現實，不過是作者有意藉此展現她的俠風義骨罷了；試看她之後毅然絕然離開顧生、離開親生兒即可知一二，這絲毫無損於俠女自我意識的堅持。

而對於自己最切身的婚姻，這些女性也勇於表達自己的想法與意見，擇己所愛，捍衛自身的權益。如卷十〈湘君〉寫鬼女湘君寄養在姐夫晏伯家，替姐姐照料阿小，與阿小感情甚篤。當晏仲出現時，她就屬意晏仲。竊聽晏伯與晏仲的談話時，當她聽到晏伯「有媒議東村田家」時，她在窗外小聲地自語：「我不嫁田家牧牛子」，細膩地將小女兒的嬌嗔與心態描繪盡致，而其中更顯現湘君自主的意識。晏伯明白晏仲屬意湘君，卻擔心鬼妻有害活人，遂提出以巨針刺入迎穴來測試是否合適時，湘君在屋外就立即自己做了試驗，此一情節刻劃了情竇初開的少女鍾情於心上人的一片痴情，和主動大膽追求美好婚姻的強烈願望。甚至當姐姐干預她的婚事時，又以死抗爭，進一步表現她的決心和意志。湘君身為鬼女，她的自我意識不僅展現在「拒絕」上，更展現在「積極的追求」上；

或許也正是她非人類的身分，讓她得以無視於人世間的封建禮教，這樣大膽地表達自己的聲音，勇於追求自己的理想。

卷八〈陳錫九〉的女主人翁周女也是勇於在婚姻中捍衛自身的權益。周女與陳錫九自幼訂親，面對父親有意悔婚，將她另嫁有錢子弟為繼室，周女反對父親的做法，她拒絕由父親所象徵的父權社會為她擅做的決定。周父在一氣之下，打發她出門，嫁給貧困的陳錫九。之後，周父又強迫兩人離婚，當周父將離婚書扔向周女，告訴她「陳家出汝矣」時，周女勇於吶喊出內心最深的疑問：「我不曾悍逆，何為出我？」身為婚姻中的另一半性別，周女要求的是「平等」，關於婚姻，她有發聲的權限，有參與決定的權限，而非被動地獲知「婚姻結束」，而非在完全「無罪」的情況下被判「死刑」。因此，周女能坦然而理直氣壯地質疑休妻的決定，更甚者，她所質疑的不僅僅是被休離的緣故，更是她在這場婚姻中的立場、她身為女性的權力！這種種都是女性自我意識抬頭的例證。

在《聊齋志異》中，還存在著一批以另一種截然不同的方式，同樣在捍衛女性於婚姻中的自身權益之角色——那就是「妒婦」。妒婦是蒲松齡以非常濃厚的作者意識在進行著批判的一種女性角色類型，蒲松齡是以做為一種負面教材來形塑妒婦的，然而，若以女性的自我意識視之，妒婦的敢於將內心之妒恨形之於色、發之於言、訴之於行動，不正是女性自我意識的抬頭與展現嗎？

除了前文所述的江城、尹氏等人，在卷八〈鬼妻〉中已逝的妻子因感動於丈夫的悲思，以魂魄相會，未料丈夫卻以無後的理由瞞著鬼妻續絃，鬼妻得知後責備丈夫：「我以君義，故冒幽冥之譴；今乃質盟不卒，鍾情者固如是乎？」遂於新婚之夜到府掌摑新婦，大罵：「何得占我牀寢！」又以手指狠掐丈夫的膚肉，怒目而視。相較於蒲松齡對於人類妒婦的懲治，對於此篇中的鬼妻，蒲松齡倒是沒有太多批判的文字，恐怕是緣於她「鬼」的身分。然而，最終蒲松齡仍一貫地給了鬼妻一個不怎麼善好的結局：讓術士「削桃為杙，釘墓四隅」以絕其怪。但，鬼妻的一句「今乃質盟不卒，鍾情者固如是乎」由衷問出一夫多妻社會裡多少婦女心中最深的疑惑！一句「何得占我牀寢」擲地有聲吶喊出封建社會裡許許多多女性的心聲！

妒婦依著人類本能的排他性，勇於拒絕婚姻中的第三人，拒絕男權社會要求身為妻子必備的無理的包容與無妒，她們堅決地要求著一對一的平等。儘管她們最終的抗爭是失敗了，甚至在作者有意的安排下，全盤否定了自己先前的自我呈現——例如妒婦到最終被懲治或感化後，多半反過來主動為丈夫覓美妾，讓丈夫大享齊人之福——但在整個過程中，我們卻不得不承認她們的自我意識曾經覺醒過。

二、女性的無言

相較於上述這些重視自我選擇權、勇於尋求自我的女性角色，《聊齋志異》中也存在著許多自願或者甘於沒有自我的女性人物，她們在社會中是沒有聲音的一群。她們不曾察覺過女性自我意識的存在，或者即便察覺了，也無意呈現或覺醒；更甚者，有些女性竟需透過男性來「肯定」自我、「完成」自我。

如卷二〈蓮香〉中的女鬼李氏，在第一次見到書生桑曉時，她說了這樣的話：「慕君高雅，幸能垂盼。」李氏不是展現個人迷人的風采來令桑曉喜歡上她，而是以近乎懇求的卑微語氣來期盼男性的垂憐。這樣一段話語，顯示出李氏希望藉由男性的喜愛來肯定自己的價值。這不禁令人揣度，若是桑曉斷然拒絕她的要求，她要如何自處呢？當然，在這樣的一則愛情篇章中，作者是不會如此安排的；但我們卻可以從另一次事件中，推敲出李氏將有的反應：

> 問：「君情人何久不至？」因以相約告。李笑曰：「君視妾何如蓮香美？」曰：「可稱兩絕。但蓮卿肌膚溫和。」李變色曰：「君謂雙美，對妾云爾。渠必月殿仙人，妾定不及。」因而不懽。乃屈指計，十日之期已滿，囑勿漏，將竊窺之。

李氏戲問桑曉，她與蓮香何人長得較美，原本只是出於好奇心與一爭長短的好勝心，但桑曉的回答聽在她耳中，不僅是肯定了蓮香較美，更是對自己的一種否定。李氏以容貌做為自我價值的判斷基準，原無可厚非，然而她並不是藉由自己對容貌的判斷來認識自我、建立自我，而是將這個權柄賦予了男性，讓男性來判斷她——一個女性的價值。而在桑曉的比較之下，她鬱鬱不歡的反應顯示出通過這樣的比較，她的自我感到焦慮和迷失，感到不知所措，於是進一步否定自己：「妾定不及。」

因此，無論桑曉接受或拒絕她、否定或肯定她，李氏都已清楚而明白地告訴讀者，她的自我掌握在男性手中，她，是一個沒有自我意識的性別。

第二節　獨立或附屬的個體？女性的存在

《聊齋志異》作為一個男性文本，蒲松齡究竟是抱持著何種心態來觀照女性的存在意義？是將女性視為一個獨立存在的個體，抑或是附屬於男性的次等性別？本節擬就女性個體的獨立性與附屬性做探討。

一、獨立的個體

儘管多數女性在《聊齋志異》中是以附屬於男性的形態存在的，但仍有一些已意識到女性的自我，意識到女性是一個獨立的個體，可以獨立於男性之外。

如卷十一〈黃英〉篇中菊花精黃英嫁給了馬子才，督導僕人種植菊花，利用賺得的錢與商人合股做生意，在村外買了二十頃肥沃的良田，住宅也蓋得更加壯觀了。但馬子才卻總是囑咐黃英立南北兩個帳本，將兩個宅子的帳目分開算計，恥於靠妻子而富裕：

馬不自安，曰：「僕三十年清德，為卿所累。今視息人間，徒依裙帶而食，真無一毫丈夫氣矣。人皆祝富，我但祝窮耳！」黃英曰：「妾非貪鄙；但不少致豐盈，遂令千載下人，謂淵明貧賤骨，百世不能發迹，故聊為我家彭澤解嘲耳。然貧者願富，為難；富者求貧，固亦甚易。牀頭金任君揮去之，妾不靳也。」馬曰：「捐他人之金，抑亦良醜。」黃英曰：「君不願富，妾亦不能貧也。無已，析君居：清者自清，濁者自濁，何害？」乃於園中築茅茨，擇美婢往侍馬。馬安之。

馬子才身為一個封建文人，他的無法接受，除了肇因於清高安貧／經營致富的對立外，更源起男性附屬於女性／女性附屬於男性的對立，從他一句「徒依裙帶而食，真無一毫丈夫氣矣」可知，他深以仰賴妻子過活為恥，男弱女強的顛倒生存模式教他難以承受。相反的，巧於種菊、善於經營的黃英胸懷豁達，視野高遠，她落落大方地表示家中財富任君揮霍，獨立的她並不以為女性就應該附屬於男性之下，因此在馬子才向她提出抱怨之際，她也坦率地提出，既然馬子才要安貧，那就在園裡築個茅屋，讓馬子才在那裡安貧吧！於是夫妻兩屋而居，黃英一如往常持家經商，自立自強，反倒是欲就不甘的馬子才堅持不住，主動請求和黃英合居如初。整個故事中，可以清楚地看到黃英如何呈現自我意識，表達她自己的想法，且勇於付諸行動，不必仰賴、附屬於男性，她是一個完整的女性個體。

又如卷二〈俠女〉也是非常顯著的一個例證，她不將自己附屬在男性之下，她的人生幾乎毋需男性的參與。

二、附屬的影子

正如同「幼從父兄，嫁從夫，夫死從子」所言，封建社會裡的女性幾乎是成為一個甚至多個男性的附屬，而非她自己。在《聊齋志異》中仍可見不少這類型的傳統女性。

如卷十〈長亭〉中夾在父親與丈夫之間為難的長亭，自嫁入石家後，翁婿之間不對盤，長亭既想處理好父女關係，又想照顧丈夫石太璞，左右為難，內心充滿矛盾。父親脅迫長亭捨夫棄子；石太璞在長亭趁公公病逝返家服孝時，亦強力挽留，不讓她回到娘家。長亭夾在兩股男權勢力的拔河中，左右為難；這兩股男權勢力均將長亭視為自己附屬的一部分，而非單獨的個體，未曾給她自由選擇的權利。

而所謂「三從」，講的其實正是女性一生中確立自己身分地位的三個憑藉。女性藉由這三種男權勢力，方確立自己在社會與家庭中的「位置」。如卷十一〈段氏〉中，段瑞環的妻子連氏性妒忌，雖無一兒半女，卻不肯讓丈夫納妾，後因段瑞環的侄子們覬覦財產，連氏一氣之下才讓段瑞環買了兩名小妾，可惜一個只生女兒，一個生了兒子卻夭折。段瑞環過世後，連氏的處境更加艱難，侄子們欲瓜分所有財產，連氏懇求「但留沃墅一所，贍養老稚，姪輩不肯。」幸而段瑞環生前與府中丫環私通所生的私生子出面解危，這才討回了家中財產。連氏之所以遭到侄子們強佔財產，正是因為她身為女性的「附屬」地位。出嫁從夫，所以她附屬於丈夫；夫死從子，然而她卻無子，也因此，她在這個家族裡的地位頓失，不再有屬於她的「位置」、她的「聲音」，段瑞環的一切都將由家族中的其他男性來繼承，而不是她這個沒有位置的女性。連氏後來之所以能討回財產，也是因為她身邊出現了另一名男性，一個重新確認她在這個家族裡身分地位的男權勢力——段瑞環之子。連氏在整個家族裡身分地位的存在與消失，皆因男性勢力的有無；換言之，連氏不過是附屬於男性背後的一個可有可無的性別。

卷三〈夜叉國〉有個更顯著的例證。徐某在遇海難而流落夜叉國，娶了母夜叉，生了二子一女。徐某和大兒子徐彪先回到中原，徐彪立了戰功，封為副將；母夜叉和小兒子及女兒被接到中原後，小兒子徐豹也考中了武進士，母夜叉曾隨徐豹大軍南征，每次遇到強敵，母夜叉總是身穿鎧甲，手執刀劍，為徐豹做接應，其威勇令敵人聞之喪膽。皇帝於是下詔封母夜叉為男爵，然而飽讀中原詩書的徐豹卻替母親上表辭謝，讓皇帝改封了個「夫人」。封男爵是將母夜叉提升到與男性平等的立場來對待，是將母夜叉（女性）視為一個獨立的個體來看待，認同她在一個父系社會裡所做的努力。然而她的親生兒——一個飽讀經史的男性，卻親手抹殺了這份難能可貴的平等。徐豹讓皇帝改封母夜叉為「夫人」，「夫人」實屬一個附屬的誥封，附屬於徐豹（男性）而來的一個誥封，著實將女性的地位又給貶低了、卑微化了！

與之相同的，還有女性仰賴男性的成就來確立自己的地位。如卷七〈鏡聽〉篇寫鄭氏兄弟二人，皆是讀書能文之人。大鄭成名較早，父母非常偏愛他，又因為他的緣故，也連帶偏愛大媳婦。二鄭落拓潦倒，父母較不喜愛他，二媳婦也因此遭到冷落，甚至不按常禮對待。相形之下，冷暖分明。二媳婦為此拒絕和丈夫同房，又時常對二鄭說：「等男子耳，何遂不能為妻子爭氣？」二媳婦此言正反映出傳統女性的心態，期盼丈夫功成名就，以蔭妻子。妻子在家中的地位，不是由她個人來掙得，而是附屬在丈夫之下，丈夫受寵，做妻子的也就跟著吃香喝辣；丈夫不得寵，做妻子的註定也只能受冷眼相待。莫怪二媳婦在鄭母呼喚大媳婦說：「大男中式矣！汝可涼涼去。」後，再聽得二鄭也中舉，會有「力擲餅杖而起，曰：『儂也涼涼去！』」的激動反應了！另如卷九〈鳳仙〉也是反映相同的情況，面對父親偏寵富有的大女婿，鳳仙一樣只能藉由丈夫的仕進來改變政治經濟地位，改變自己與丈夫在家庭中的地位。這些都顯示女性自身在社會中是無能也無法為自己爭取更好、更高的地位，只能透過男性來達成。

女性淪為附屬性別的情況，還有一種是將她們給物化。封建社會裡，不少男性將女性當成是物品般地對待，而不是一種同等的性別人類，《聊齋志異》中即有不少描述到女性被任意買賣、任意交換的情節。如卷十〈仇大娘〉篇描寫仇福大肆賭博，賭光田地房產後，將歪腦筋動到妻子姜氏身上，立下抵押妻子的契約向惡霸趙閻羅借錢。未料到借來的錢沒幾天就又輸光了，只得硬著頭皮將姜氏騙出門交給了趙閻羅。卷八〈邵士梅〉也提到「有負租而鬻女者」。而卷十〈素秋〉篇中，某甲因嫖賭欠下大筆債務，友人韓荃愛慕其妻蠹魚精素秋，於是趁機提出用兩名姬妾和五百兩銀子來交換素秋的協議。這些篇章不約而同都寫出了男性將女性物化，當成是自身的某項商品般地買賣、交換，剝奪其人身自主權，全然忽略了女性也是一個獨立個體。

第三節　真實或假象的顛覆？女性的主導

男權社會裡，處於主導地位的是男性，女性只是被動地接受安排、服從命令，對於男性的決定，無從置喙，也無力改動。《聊齋志異》中不少篇章反映了傳統社會的此種現象，卻也有一些篇章描寫到相反的情形，關於後者，蒲松齡是否真的將這些女性角色置於一個主導的地位去領導男性呢？抑或只是一種看似主導的假象？本節擬就女性在男權社會裡的主導性做探討。

一、女性的真實主導

儘管傳統男性社會裡堅持著將乾上坤下的尊卑模式套用在兩性關係裡，以取得男性操控女性、掌握一切的優勢，但在《聊齋志異》裡卻出現了一批在處事或兩性相處時居於主導地位的女性角色。如卷三〈商三官〉篇中商士禹因酒醉的玩笑話得罪了富豪，被活活打死。商士禹的兩個兒子至官府告狀，打了一年的官司也沒個結果。後來判決下來了，官司打輸，兩個兒子負屈而歸。原本欲留父屍不葬，做為再次訴訟的憑證，但女兒商三官卻認為「人被殺而不理，時事可知矣。天將為汝兄弟專生一閻羅包老耶？骨骸暴露，於心何忍矣。」對兩個兄長的做法不以為然。她認為，官府靠不住，更不可能靠老天爺，要報父仇，唯有靠自己。這多像晉朝傅玄所寫的：「父母家有重怨，仇人暴且強。雖有男兄弟，志弱不能當。」（〈秦女休行〉）[四]商三官形於言，更見於行，她於父葬之後，夜遁離家，改換身分潛入富豪家中，終於殺死仇人，為父伸冤雪恨，卻也自縊而亡。商士禹有二子，均不能為父伸冤，竟是仰賴身為女流的商三官為父雪恨，這將傳統的男強女弱觀念完全顛覆了。在整個過程中，我們看到了商三官如何主導報父仇，如何指揮兄長行事，如何主導她自己的婚事。在這則篇章中，女性不再扮演一個處於弱勢、處於被動地位的角色，她極有主見，心思細膩，其壓倒鬚眉的奇女子形象讓蒲松齡也不得不稱讚她：

> 家有女豫讓而不知，則兄之為丈夫者可知矣。然三官之為人，即蕭蕭易水，亦將羞而不流；況碌碌與世浮沉者耶！願天下閨中人，買絲繡之，其功德當不減於奉壯繆也。

對商三官及其二兄的評價，清楚可知。

同卷的〈庚娘〉也是以女性復仇為主題的篇章，庚娘在丈夫、公婆被貪戀她美色的王十八使計

四　傅玄：〈秦女休行〉，見郭茂倩：《樂府詩集》卷六一（北京：中華書局，一九七九年），頁八八七。

推落海中後，裝作以己為重、以夫為輕，讓王十八相信了她不過是個欲再覓安身之處的弱女子，而將她帶回家。因為庚娘的機智與勇敢，加上沉穩靈慧，在與水盜王十八相處的過程中，才能心懷悲苦卻談笑自若，尋機手刃仇敵。在整個事件過程中，庚娘可說是一直處於主導的地位，從追隨王十八返家，藉口幸免於強暴，到設計灌醉他以殺仇人，在在都顯示庚娘善用自身的優勢，以主導整個局面，將王十八矇騙於其中。張振鈞曾這樣稱讚庚娘：

> 古今女傑，「識」者有之，「智」者有之，「勇」者有之，「烈」者有之。但庚娘一身兼而有四，這正是蒲松齡所稱道的。[五]

因此篇中文末異史氏曰：

> 大變當前，淫者生之，貞者死焉。生者裂人眥，死者雪人涕耳。至如談笑不驚，手刃仇讐，千古烈丈夫中，豈多匹儔哉！誰謂女子，遂不可比蹤彥雲也？

彥雲，是三國時魏將王凌之字，王彥雲忠於曹魏，是向司馬氏造反的「淮南三叛」之一，他起事未成功而自殺，死後才向司馬懿索命。而身為女性的庚娘，誅暴效果卻遠在王彥雲之上，蒲松齡才會這樣熱情地將庚娘比作壓倒鬚眉的英傑，欽敬之意溢於言表。

五 詳見馬振方主編：《聊齋志異評賞大成》第一冊（台北：建安出版社，一九九六年四月），頁六三一。

女性在兩性關係中的主導，如卷八〈霍女〉篇中的霍女在跟隨吝嗇的富人朱大興時，飲食方面講究精緻，吃不慣粗糙米飯，見了肉羹又很厭惡，非得用燕窩或雞心、魚肚白煮成羹湯，她才吃得下去；加上她又容易犯病，每天必須喝一碗人蔘湯。衣著方面也非綢緞錦繡不穿，而且往往穿了幾天就嫌舊。每隔十多天，就要朱大興請戲班子來演戲，為她解悶。如此經過兩年，朱大興的家境漸漸衰落了。一日，霍女逃離朱家，躲到何某家裡。何某是個官宦子弟，性情豪爽而好客，貪戀霍女美色，於是將她留了下來，像朱大興一樣窮奢極欲地供養霍女。朱大興得知霍女下落，賣掉家產行賄要來打官司，何某經友人提點：「收納逋逃，已干國紀；況此女入門，日費無度，即千金之家，何能久也？」何某這才恍然大悟，不打官司，直接將霍女送還朱大興。回到朱家一兩天，霍女就又逃走了，這次朱大興考慮到家境日漸貧窮，又怕霍女不安於室，因此不再追究。霍女逃到黃生家中，黃生是個讀書人，素來守法，拒絕霍女投靠，但霍女堅決留下，黃生只得讓她住下。相較於之前在朱家與何家的貪吃懶做、大肆揮霍，在黃生家中，霍女親自操持艱苦的家務，不畏辛勞，兩人恩愛大有相見恨晚之感。霍女又多次使計為黃生取得財富與美妾，黃生每每反對，霍女仍執意而為。在為黃生打造了一個舒適無憂的家庭後，霍女藉口探望阿姨前往南海，就此一去不返。

故事讀到最後，讀者才豁然開悟，原來霍女的時而貪吃懶做，時而勤儉劬勞，呈現兩極對立的性格，全是因人而異的，她主導了一切，是有所目的而為的。朱大興與何某性好漁色，所以霍女以美色引誘二人，揮霍二人的無數財產。其中，朱大興好色之餘又吝嗇，霍女懲治他最是嚴重，甚至讓他落魄到死後沒有棺材可埋葬，還是仰賴黃生才得以厚禮下葬；何某雖也性好美色，但個性豪爽不若朱大興苛刻，霍女只給了他小小的懲戒。至於黃生，因為他正直忠厚又純情，所以霍女帶給他的是幸福而非不幸。周旋在三個不同性格的男性之間，霍女佈下了一切棋局，在面對三個男人時，儘管她扮演的角色之性格有所不同，但無疑的，她都是強勢主導的一方，三個男人都只能依著她的棋走。

另如卷六〈菱角〉篇中，胡大成初遇菱角，因她「風致娟然」，心底很喜歡她，於是馬上詢問她的姓氏和「有婿家無」，得知菱角尚未婚配，胡大成又接著問：「我為若婿，好否？」菱角羞澀答以：「我不能自主。」由兩人先前的互動問答，乍看之下似乎是由胡大成主導，其實當雙方確定自己的心意後，處於主導地位的就是菱角了。試看胡大成在得到「不能自主」的答覆後，就要離去，似已有放棄這門婚事之意；反觀菱角雖口稱不能自主，但「意似欣屬焉」，在胡大成欲離去時，菱角「追而遙告曰：『崔爾誠，吾父所善，用為媒，無不諧。』」提醒胡大成欲成婚事的最佳途徑。後胡大成請崔爾誠為媒，菱角父親原多所刁難，最終還是被崔爾誠說服，訂下兩人的婚約。這不禁令人佩服菱角的料事如神，若沒有菱角的主動提點，恐怕胡大成早已放棄這門婚事。而後兩人因戰亂分離，音訊全無，胡大成的義母為胡大成說成了另一門婚事，胡大成對這婚事先是哭著說：「兒自有婦，但間阻南北耳。」表達了「結髮之盟不可背」的心意，但之後又動搖了心念，鬆口道：「誰以嬌女付萍梗人？」反觀菱角，一開始就對父親為她另行說定的周家婚事反對到底，堅決不肯梳洗、上車。家人將她硬拉上車後，半途中她又掙扎摔下車，被人抬上了轎，送到胡大成家裡。到了胡家，她對著誤認為是周書生的胡大成說的第一句話就是：「娶我來，即亦非福，但有死耳！」胡大成問她原因，菱角才說：「我少受聘於胡大成，不意胡北去，音信斷絕。父母強以我歸汝家。身可致，志不可奪也！」胡大成一聽才知原來義母為他娶來的妻子正是菱角。儘管兩人最後是有情人終成眷屬，但在整個過程中，我們看到了胡大成與菱角對愛情的忠誠度仍是有別，且菱角一直處於主導地位，從最開始的主導求親到後來的以死拒婚，菱角始終是這場愛情中的領導者。

最後，還要提到一種較特殊的女性主導類型——即是悍婦。儘管蒲松齡對悍婦的評價是低下的，於篇章中是強力批判的，但不可否認的，在男性／女性、丈夫／妻子的關係上，悍婦的確是居於主導的一方。悍婦突破傳統女性道德的藩籬，表現出迥然不同的傳統的行為模式。她們在整個家庭生活中，掌控一切，男性不再是發出命令、操控另一半的一個性別，取而代之的是女性，她們不僅主導自己的人生，更大膽地接收男性在家庭中的地位與優勢，理直氣壯地主導家庭生活、主導兩性之間的關係。在那樣一個男尊女卑、一夫多妻的封建社會裡，悍婦表現出對封建現存秩序的強烈反叛，自有其「合理性」存在，蒲松齡塑造的悍婦角色可說是一吐天下婦女不平之氣啊（儘管他原始的目的不在於此）！然而，我們也不能不承認，就一個平等、正常、合理的兩性關係而言，悍婦之悍行確實有些矯枉過正，對兩性之相處，並非一種良好模式。

二、女性的假象主導

在《聊齋志異》中有幾種特殊的情況，乍看之下，似乎是女性居於主導地位，掌控一切局面，然若深入探究，則會發現這些女性其實仍是居處於男性之下，進行的是一種假象的顛覆。

如卷六〈顏氏〉一篇，塑造了一位最富才學的女性顏氏。顏氏見丈夫兩次應試，兩次落榜，就「嗷嗷悲泣」，不禁斥喝道：「君非丈夫，負此弁耳！使我易髻而冠，青紫直芥視之！」丈夫氣憤不過，說道：「閨中人，身不到場屋，便以功名富貴，似在廚下汲水炊白粥；若冠加於頂，恐亦猶人耳！」於是顏氏和某生議定，代夫應試。

> 女笑曰：「君勿怒。俟試期，妾請易裝相代。倘落拓如君，當不敢復藐天下士矣。」生亦笑曰：「卿自不知蘗苦，直宜使請嘗試之。但恐綻露，為鄉鄰笑耳。」女曰：「妾非戲語。君嘗言燕有故廬，請男裝從君歸，偽為弟。君以襁褓出，誰得辨其非？」生從之。女入房，巾服而出，曰：「視妾可作男兒否？」生視之，儼然一顧影少年也。生喜，徧辭里社。交好者薄有餽遺，買一羸蹇，御妻而歸。

該年科考，某生又落第，而女扮男裝的顏氏卻一路考中進士，仕進為官。顏氏任內頗有政績，不久又升任御史，「富埒王侯」。後託病辭官歸返故里。顏氏的女扮男裝仕進為官，表現出過人的才智膽識，蒲松齡塑造出這樣一位女性，不能不說是展現了他可貴的進步思想。就角色個體而言，也不能不說是顏氏乃一名為天下女性揚眉，將男權重壓下女子被壓抑的才能充分地顯示出來的一個特出人物。

然而，若從顛覆的女性主導權視之，顏氏其實並未真正達到顛覆乾綱、掌握主權的地步。顏氏儘管才高鬚眉，求取功名如拾草芥，但值得注意的是她真正去應考科舉的身分是「男性」——丈夫的弟弟，而非她的真實身分——「女性」。因為傳統封建禮教認為：「女子無才便是德」，那些掌握了豐富才識的女子本身就有悖傳統婦道，若再去干預閨房以外的事情，就更是大逆不道了。顏氏欲獲得自身追求成功的可能，她女性的身分是不允許她有仕進為官的發展，因此還是「不得不求助於男權傳統所形成的社會秩序和規範」，其行動仍舊被「框定在那個社會秩序所允許的範圍內」[六]。換言之，儘管顏氏的才學是遠超越男性之上的，她仍不能以真實面目——女性的身分——去完成和男性等同的理想與發展，她的成就不是以她身為一個女性去追求得來的，而是以一個男性性別（正確來說是一個假男性性別）去獲取的，她的一切理想、一切成就均是建立在「男性」這個性別基礎上來完成。沒有「男性」這個性別身分的協助，顏氏儘管有再好的才識學問也只能終生局限在閨閣之內，當一輩子的「閨中人」。

[六] 詳見徐大軍：〈男權意識視野中的女性——《聊齋志異》中女性形象掃描〉，《蒲松齡研究》二〇〇一年一期，頁七三。

其次，顏氏在利用「男性」身分取得功名、官位後，儘管她任官「有吏治」，但仍不敢暴露其女子身分，她曾對嫂子說：

> 實相告：我小郎婦也。以男子闒茸，不能自立，負氣自為之。深恐播揚，致天子召問，貽笑海內耳。

顏氏走出閨閣參加科考為官，但始終對自己的女性身分藏藏掖掖，她所畏懼的不僅僅是「天子召問」，恐因此獲罪；她更怕的是身分揭曉後，於男權社會該如何自處？一個穢亂乾綱的女性。因此，「顏氏在突破男權傳統的秩序後感到的不是海闊天空，而是徘徊不定、局促不安和惘然不知向何處去。」[七]她沒有足夠的勇氣與膽識，以女性的身分去主導一切局面，而假男性的身分又不能帶給她真正突破男權傳統秩序的成就感，於是只好重回到原來的起點——回到自己女性的「崗位」上，傳統社會秩序中女子習慣而又安全的位置，男權所賦予女性的位置。對於顏氏這個試圖前進卻又拘泥不前的身影，徐大軍有如此評論：

> 顏氏確也作過對男權傳統所規定的婦道的衝擊，但這衝擊只是在男權藩籬裡面的小動作。最終顏氏還是回歸、淹沒於男性中心的社會意識和規範中。顏氏的走出家庭科考為官，是她對

七 詳見徐大軍：〈男權意識視野中的女性——《聊齋志異》中女性形象掃描〉，《蒲松齡研究》二〇〇一年一期，頁七四。

其身處社會的規範秩序和男權意識的短暫疏離，在她內心深處，並不認為其外逸的方向和行動為正當、合理，且為之膽虛，感到羞恥。她最終發現的只能是作為一個安分守己妻子的自我，而不是什麼獨立意識，並認為不應具有偏離「正道」的行為。八

因此，我們實在無法認定顏氏所做的一切是女性掌權、主導的行為，充其量，不過是一次試圖努力過的假象顛覆。尤其顏氏後來讓丈夫頂她的名銜，更是女性將主權「回歸」於男性的行動（儘管並不曾真正顛覆過），驗證政治與社會生活終究只有男性得以掌控。另外，顏氏因生平不孕，主動出資為丈夫買妾，為夫家傳宗接代，依循的正是傳統社會對婦女的規範、期望，顏氏如此安於成為「男權意識中女性的道德符號」，更是大大削減了她之前曾有過的努力，女性的獨立意識、主導權力蕩然無存！

另一種假象的顛覆，則表現在女性對男女情愛／性愛的「主動」上。當代學者論《聊齋志異》的兩性愛情，多半持「反封建」之說來讚美蒲松齡的進步思想，如劉大杰於《中國文學發展史》即論道：

> 在另外一些短篇裡，描寫了妖怪精靈和人戀愛的故事。在這些幻想的離奇故事中，表露出反

八　詳見徐大軍：〈男權意識視野中的女性——《聊齋志異》中女性形象掃描〉，《蒲松齡研究》二〇〇一年一期，頁七四。

抗傳統禮教，追求婚姻自由，追求幸福生活的強烈意願。九

游國恩等人主編的《中國文學史》也提到：

描寫愛情主題的作品，在全書中數量最多，它們表現了強烈的反封建禮教的精神。……這些作品中的青年男女，他們自由地相愛，自由地結合，和封建婚姻形成鮮明的對比。十

另如王麗華在〈論《聊齋志異》中女性獨立的愛情意識〉一文中所評論的：

《聊齋》中蒲松齡塑造了許多女子的形象，她們或以花妖狐魄的形象閃現，或以平民女子的身份出現，或以煙花柳巷女子的地位登場，在對待愛情上都表現出難能可貴的獨立意識……在封建禮教束縛森嚴的社會裡，青年男女間的結合完全依靠「父母之命，媒妁之言」，這種婚姻是建立在門第、財產之上的，他們間的正常交往則被視為異端。「存天理，滅人欲」的呼聲壓抑了女性心底的真情，她們變得麻木了、恭順了，失去了自我，然而一旦掙脫了正統思想的束縛，女性在自我意識稍有覺醒後的第一聲吶喊便是爭取戀愛自由、婚姻自主。《聊齋》中的女性以獨特的身份扣開了禮教的大門，以新的姿態向封建禮教的維護者挑戰，「三

九　詳見劉大杰：《中國文學發展史》（台北：華正書局，一九九四年七月），頁一二六五。

十　詳見游國恩等主編：《中國文學史》（台北：五南圖書出版公司，一九九〇年十一月），頁一二三七—一二三八。

從四德」的綱常在她們眼中形同虛設，超越世俗的觀念使她們擁有了獨立的愛情意識。十一這派學者高度地稱揚蒲松齡筆下大膽主動追求情愛的女子，直稱是反封建、反禮教的進步思想。

然而，另有一派學者則對上述的說法不以為然。他們對於蒲松齡塑造的大量主動追求情愛、大膽追求結合的女性，其行為思想是否即等同於對封建禮教的反抗，存在著疑問。如馬瑞芳在〈《聊齋志異》的男權話語和情愛烏托邦〉一文中，就強烈質疑這樣的論點：

這類論述並不能闡明聊齋愛情故事深層內涵。不可否認，某些聊齋愛情故事具有反封建色彩，但相當多作品卻是以見男權話語創造出情愛烏托邦。愛情女主角經過作者主觀意志過濾，按其人生理想和道德準則進行個人化加工，最終扭曲成「蒲松齡式」女性形態，即：千姿百態、優美可愛、生機勃勃的女性，其思維模式往往以現實生活中的書生——一般是中下層懷才不遇讀書人——需要為中心。她們，或者思考讀書人「出處」等人生哲理，在他們困頓求仕過程中給予幫助，或者以「理想女性」——賢妻、佳妾、雙美共一夫——滿足男性中心論需要，男女愛情並未獲得平等，封建藩籠尚未衝破，禮教桎梏亦未打碎。而這，並不是什麼次要方面或「思想局限」，而是蒲松齡在兩性關係上的頑強心理動機和潛意識渴望，也

十一　詳見王麗華：〈論《聊齋志異》中女性獨立的愛情意識〉，《遼寧師專學報（社會科學版）》二〇〇〇年第六期（總十二期）（二〇〇〇年十二月），頁四五。

可以說是封建道學思想的重要表現。[十二]

我們必須承認《聊齋志異》存在不少反封建思想，當然其中也包括男女在自由愛戀、成婚上的進步，這是可貴的、值得讚賞的。然而，不可否認地，作為一個生活在以男子為中心的男權社會裡的男性作家，蒲松齡並無法全然擺脫傳統意識與文化的束縛，他的筆下仍不時可見男性本位意識的展露。

在這些愛情篇章中，幾乎可以說是「男子是愛情關係中的主體，女子是愛情關係中的客體」[十三]，因為在整個追求愛情的過程中，普遍是女性較為積極主動，為這段愛情努力，為窮書生奔波操持，而男性則多半只是被動並且理所當然地接受。這些大膽主動的女性，一部分是真正為自己的自由愛情而努力的，從蒲松齡的筆下我們也看到了他對這些女性純真的描繪、誠摯的讚揚。然而，有一部分的女性，尤其是那些鬼狐仙妖等異類女性，她們的主動不是建立在追求自由戀愛上，而是建立在性的滿足上。滿足誰的慾望？不是這些女性本身，而是男性。

這類情愛故事通常有個基本的模式：

十二 詳見馬瑞芳：〈《聊齋志異》的男權話語和情愛烏托邦〉，《文史哲》二〇〇〇年第四期（總第二五九期）（二〇〇〇年八月），頁七三。

十三 詳見吳霞：〈《聊齋志異》愛情小說中的性別偏見〉，《安慶師範學院學報（社會科學版）》第二十一卷第五期（二〇〇二年九月），頁七九。

表5-1 情愛故事女方主動模式表

時　　間：夜晚

地　　點：書齋或廢宅

男 主 角：寂寞苦讀或落魄失志的書生

女 主 角：鬼狐仙妖等異類女性

發展經過：陌生女主角突然現身於男主角面前

↓

女主角主動求歡

↓

男主角欣然接受或半推半就

↓

性愛關係的建立

女主角為男主角奔波操持或解決危難

↙　↘

長相廝守（一夫一妻或一夫多美）

各別西東（為男主角另謀妻妾或留下子嗣）

女主角之所以主動現身、主導求歡過程，蒲松齡真正的用意不在展現女性的自主、領導，而是為了讓女主角去滿足男主角的慾望。故事模式中的書生角色，大都未獲功名，沒有富裕的家產或顯赫的家世背景，「從當時的世俗眼光來看，他們幾乎不具備恣意享受女色的現實條件，僅有在缺乏諸多優勢的情況下渴慕異性的願望而已。」[十四]這些自薦枕席的女性角色，其主動正是為了滿足這些男性「渴慕異性的願望」！正是從這層意義上來看，我們認定這類女性角色的主動行為，並不能視為真正的女權主導，只能看成是一種假象的男權顛覆罷了！

[十四] 詳見康正果：《重審風月鑑——性與中國古典文學》（台北：麥田出版社，一九九六年一月），頁二〇三。

第六章　依戀與恐懼——創作背後的心理意涵

文學創作既然是一種心理活動的過程，它就不僅僅是一個純粹的、自覺的理性活動，更是受到創作者深層意識的潛在制約。於是，從文本創作的背後，往往就可看出創作者所隱藏的心理意涵。《聊齋志異》是一個豐富深邃、複雜美麗的立體而多面向的藝術世界，這個藝術世界與蒲松齡的心靈世界既有區別，又有著深刻的內在聯繫。蒲松齡創作出大量或可愛純真、或嬌豔動人的女性角色，對這些女性他究竟抱持何種心態去形塑之？在他形塑的背後又潛藏著什麼樣的心理意識？康正果曾深中肯綮地論斷：

> 當作者傾向於表達男人的恐懼時，他就用妖狐惑人比女色惑人，從而強調沉溺女色的危險性。……當作者傾向於表達男人的欲望時，他又可能極大地美化女妖的形象，賦予她更多的人情味，甚至把她寫成近乎理想的女性。[一]

一　詳見康正果：《重審風月鑑——性與中國古典文學》，頁二〇二。

康正果此言雖是針對女妖而發論，然而將之套用於男性與人類女性的互動關係上來看，仍舊說得通。因此，本章擬綜合前文，分析蒲松齡創作《聊齋志異》於文字背後所呈現出的男性對女性的依戀與恐懼。

第一節　男性對女性的依戀與期望

像《聊齋志異》這種帶有濃厚民間色彩的作品，可以說是整個社會民族的大夢：

> 它一方面滿足了社會大眾對「靈」、「怪力亂神」等的好奇與需求，一方面又透過狐妖，以迂迴的方式公然實現令儒家學者皺眉的欲望。[二]

《聊齋志異》書中大量的情愛婚戀故事中，很重要的主題面向，即是對理想女性形象投射男性的情愛與性愛大夢，表現男性對功名利祿的渴盼和禮贊，以及藉由女性來撫慰男性的失意，這是「作者屢遭生活蹉跎，屢受人生磨難，期盼自身價值得以確認的窮而後幻的自我療救」[三]。本節即擬從此

二　詳見王溢嘉：〈欲望交響曲——《聊齋》狐妖故事的心理學探索〉，辜美高、王枝忠主編：《國際聊齋論文集》（北京：北京師範學院，一九九二年七月），頁二一三—二二七。

三　詳見吳冬紅：〈文人的自我療救——從《聊齋志異》情愛故事看蒲松齡的創作心理〉，《浙江師範大學學報（社會科學

三層面向切入，深入探討創作者的心理意涵。

一、滿足情欲的慾望

從《聊齋志異》所形塑的女性角色來看，不難發現蒲松齡心目中理想的女性形象是德才貌兼備、無妒無悍的溫婉貞良女性。筆下描寫的女性無不美麗動人，光華四射，這顯現了作者對女性外在美的重視。而這些女性無論是才華、能力還是智慧、見識，皆超出男子許多。因此，我們可以看到蒲松齡所建構的一個無論人間或神異的虛幻世界，均是以這類女性角色為男主角滿足情愛想望與性欲渴求的對象。

如卷五〈狐夢〉寫蒲松齡友人畢怡庵因忻慕嚮往〈青鳳〉篇的狐仙青鳳，恨不能相遇，後果然在夢中遇一婦人因「蒙君注念，心竊感納」而來，自薦女兒來服侍畢怡庵。狐女神態嫻雅，性格溫順，與青鳳相較「殆過之」，兩人極盡繾綣、怡游。日子一久，畢怡庵漸洩露此事予友人，狐女怒其輕狂多言，稍加疏遠。後因狐女被西王母徵作花鳥使，不得再聚，於是請畢怡庵託蒲松齡為之作一小傳，聊慰天下與畢怡庵相同情懷的人。言迄即遠去。

本篇是相當典型的「黃粱夢」、「南柯夢」的故事模式，主角在夢中一償夙願。畢怡庵因為忻慕

版》二〇〇二年第四期（總第一二〇期）（二〇〇二年八月），頁一五。

嚮往狐仙青鳳，遂於夢中與狐女相戀，儘管只是一段短暫的姻緣，卻已滿足了男性的情欲大夢。文中女主角的身分是狐狸精，這就解除了男性的道德桎梏（無論是否已有妻室），女性更不用背負誨淫或第三者的道德壓力，雙方可以盡情享受男歡女愛。而第二次夢中，畢怡庵同時與狐女的諸位姊妹追歡逐樂，調笑無忌，更是滿足了男性放肆的心理。

卷八〈嫦娥〉一篇則建構了男性一夫雙美的理想圖。宗子美因一句玩笑話而和嫦娥訂了親事，怎知過了一年，收留嫦娥的林老太太卻不認帳，要宗子美拿五百兩銀子來娶。貧困的宗子美只好作罷。後宗子美偶遇鄰家女兒顛當，「雅麗不減嫦娥」，兩人於是日久生情，私相燕好，共枕同歡，並約定嫁娶。後嫦娥與顛當均婚配宗子美，嫦娥為妻，顛當為妾，自此宗子美一享齊人之福。

嫦娥在文中先是以「情」的化身出場，對宗子美多情而有義，共組家庭後，時與宗子美諧謔：

> 適見美人畫卷，宗曰：「吾自謂，如卿天下無兩，但不曾見飛燕、楊妃耳。」女笑曰：「若欲見之，此亦何難。」乃執卷細審一過，便趨入室，對鏡修妝，傚飛燕舞風，又學楊妃帶醉。長短肥瘦，隨時變更；風情態度，對卷逼真。方作態時，有婢自外至，不復能識，驚問其僚；既而審注，恍然始笑。宗喜曰：「吾得一美人，而千古之美人，皆在牀闥矣！」

然而在接回顛當之後，嫦娥又化身為「理」，此「理」不僅克制己身之「情」，更克制著象徵「情」的顛當。嫦娥是仙，自身終究能以仙／理制情；而顛當是狐，在中國傳說裡是狡黠善淫的化身，她嬉笑活潑，天真純潔，沒有禮教的觀念，在創作者有意的安排下，她成為情慾的象徵，因此受制於孀娥所象徵的「理」之下。這樣一個特殊的三人家庭，關係是非常微妙的。男性在現實生活中，希望自己的妻子是溫婉賢良的；但在虛幻欲想中，卻又希望自己能美人在抱，享受無法從賢妻那裡得到的放縱淫欲的滿足。而宗子美一妻一妾，正好就是一「理」一「情」的象徵，大大滿足了男性現實與虛幻的要求。更值得注意的是創作者如何安排妻／妾、情／理的位置。顛當受制於孀娥，正表示情必須受制於理，亦即男性儘管有淫欲的想望，在現實生活中他仍希望女性以理為主，而以情為輔。另外，在與孀娥喬裝戲謔的過程中，宗子美一句「吾得一美人，而千古之美人，皆在床闥矣」，直是道盡了千古男性對一夫多妻的渴求與忻慕。

另一種有別於一夫多美的愛戀故事，同樣呈述出男性的心理希冀。卷十一〈香玉〉篇中黃生與白牡丹花精香玉相戀，海誓山盟，卻因故凋亡，黃生日日揮淚憑弔。香玉的摯友耐冬樹精絳雪有感於黃生的至情，前往相伴，互慰對香玉的懷思。數日後黃生向絳雪求歡被拒，只得以朋友之禮相待。後香玉復活續前緣，絳雪仍舊為友，三人情感甚篤。黃生死後化為牡丹，因未開花為人斫去，白牡丹與耐冬樹也隨後枯死。

本篇不僅僅描述愛情，更有堅定的知己之情。黃生與香玉之間，是深情的表現，黃生與絳雪、絳雪與香玉則又是另一種友情。儘管黃生曾向絳雪求歡，但在遭絳雪拒絕後，兩人仍能維持堅定的知己情誼。蒲松齡評道：

情之至者，鬼神可通。花以鬼從，而人以魂寄，非其結於情者深耶？一去而兩殉之，即非堅貞，亦為情死矣。人不能貞，亦其情之不篤耳。仲尼讀〈唐棣〉而曰「未思」，信矣哉！

蒲松齡從「情」的角度出發，讚歎其情之可貴。從一夫雙美轉變到愛妻與知己兼有，本篇誠可謂呈述出男性對兩性關係的另一種想望。

整體而言，《聊齋志異》多數的愛情篇章——尤其是主角為異類女性的——都反映了男性情欲大夢的投射心理，無論是對真情摯愛的追求，或放縱性欲的渴求，在在表現男性內心潛藏、蠢蠢欲動的情欲。

二、滿足名利的慾望

男性除了冀望女性滿足其情愛與性欲上的渴求，也期盼透過女性實現或提供種種的人生欲望，其中又以功名利祿為主。《聊齋志異》也呈現出男性此種心理意涵。

就功名而言，由於書中愛情篇章的男主角幾乎都是讀書人，十年寒窗正是為求功名。儘管小說是以描寫這些書生與女性之間的情愛為主，但仍不能免俗地在篇章中安排透過這些女性而順利求得功名。卷九〈鳳仙〉正是最好的例證。狐女鳳仙利用兩人之間的情愛與思念為手段來激勵丈夫，使丈夫最終順利求得功名。蒲松齡大歎：「惜無好勝佳人，作鏡影悲笑耳。吾願恆河沙數仙人，並遣嬌女昏嫁人間，則貧窮海中，少苦眾生矣。」正清楚地揭示了男性此種心態！

卷十一〈書癡〉中郎玉柱雖好學成癡，每次學政案臨考試，他總被選拔為第一名，可惜就是考不中舉人。一日，竟有美女從書中走出，自稱顏如玉。顏如玉勸戒郎玉柱若要考中科舉、飛黃騰達，則不能認真讀書，遂終日引導他下棋賭博、飲酒作樂。若郎玉柱偷偷讀書，顏如玉即避不見面，以懲戒郎玉柱。日子一久，郎玉柱習性漸改，棋藝、琴藝進步神速，天天和顏如玉喝酒賭博，高興到忘記讀書，風流倜儻的名聲很快就傳開來。這時顏如玉才告訴郎玉柱，可以去參加考試了！次年郎玉柱果真高中進士。顏如玉為郎玉柱生下一子後，消失無蹤。

觀全篇重點不在男女戀情上，而是以顏如玉為師改造郎玉柱。顏如玉似乎就只是為了使郎玉柱高中科舉而現身的，她徹底改變郎玉柱迂腐封閉的死讀書生活，讓他順利飛黃騰達，並且為他傳承子嗣。她不僅滿足了郎玉柱對「書中自有顏如玉」的癡想，更幫助他功成名就。功名已有，子嗣亦有，顏如玉的離去似乎就不顯得那麼重要了，文中即未多加著墨郎玉柱對顏如玉是否仍有懷思。

就利祿而言，儘管傳統社會以男性為家庭經濟來源，但仍有不少男性幻想娶個富貴人家的女兒或善於經營的女子，以坐享其成。蒲松齡身為一介書生，只能憑藉著微薄的田產與設帳教書所得來維持一家生計，他最深諳寒酸書生的苦況。因此，在《聊齋志異》中我們也看到大量生財有道的女子，或為士子婚配富妻的情況。

如卷三〈小二〉中的女主角小二善用一身好法術，獲得千兩銀子，「漸購牛馬，蓄廝婢，自營宅第。」又以紙鳶避開蝗蟲災害，使莊稼無損失。除了利用法術以求財外，小二自身也有經營積財的好才幹：

> 女為人靈巧，善居積，經紀過於男子。嘗開琉璃廠，每進工人而指點之，一切碁燈，其奇式幻采，諸肆莫能及，以故直昂得速售。居數年，財益稱雄。而女督課婢僕嚴，食指數百無冗口。……錢穀出入，以及婢僕業，凡五日一課。

反觀其夫丁紫陌則處於一種陪襯的角色，對這個家庭的經濟沒有實質的幫助，一切全仰賴小二，丁紫陌正好可以輕輕鬆鬆坐享其成。

另如卷十一〈黃英〉中的女主角菊花精黃英「課僕種菊」，「得金益合商賈，村外治膏田二十頃，甲第益壯」，黃英為家庭帶來了無數財富，然而其夫馬子才卻引以為恥，認為「徒依裙帶而食，真無一毫丈夫氣矣」，因此多所抱怨。馬子才並非不樂意由女性帶來財富，而是男性面子作祟，認為仰賴女子鼻息，有辱男性氣概。何以見得？試看馬子才與黃英分住，另居茅屋後，終不免回到大宅「東食西宿」，脫離不了富貴生活，況其一切日常所需，仍是黃英在供應的。因此，與其認定馬子才是昂然不仰女子鼻息，不如說他仍舊是希望坐享其成，只是得在不傷害他男性自尊的前提下進行。

卷十〈阿纖〉一篇則更清楚點出男性對有生財能力的女性之依戀。奚山於村中投宿古家，見古家女兒阿纖年輕貌美，於是替弟弟三郎求得阿纖為妻。婚後阿纖帶來豐厚嫁妝，日夜紡線織布，一刻不停。過了三四年，奚家日益富裕，三郎也考取秀才，人人將這福氣歸功於阿纖。後奚山得知阿纖為鼠精，遂尋訪擅長撲鼠的貓來試探阿纖，阿纖為此悶悶不樂，藉口探望母親而消失無蹤。阿纖離去後，過了幾年，奚家日漸貧困，這才又懷念起阿纖。後三郎因緣際會，尋得阿纖，再續前緣，奚家於是又變得非常富有。

本篇將男女戀情與日常生活結合起來，是非常明顯將女性對男性於利祿上的助益挑明來講的一篇。阿纖在，則奚家富裕；阿纖離去，則奚家貧困。故事中的人物也都清楚意識到這一點，才會有「奚家日漸貧，由是咸憶阿纖」的描寫。

另如卷八〈嫦娥〉也曾提到宗子美白從娶了嫦娥之後，「家暴富，連閣長廊，彌亙街路。」卷六〈蕙芳〉寫家境貧苦的馬二混，娶了蕙芳之後，「頓更舊業，門戶一新。笥中貂錦無數，任馬取著；而出室門，則為布素，但輕煖耳。」上述兩篇都是在娶了妻子之後，家境頓時變得富裕，男性再不必為日用支出而憂心。

三、撫慰失意的心靈

蒲松齡自幼聰穎好學，十九歲時在縣、府、道試中三次奪魁，以第一名的成績考取了秀才，之後卻屢試不第。其實蒲松齡文采非凡，不過當時係由八股文取士，由於受到僵化考試制度的局限，使得他空有滿腹文采，卻無法擺脫屢試不中的蹇運。一直到五十一歲，蒲松齡始放棄了為官的念頭。

蒲松齡七十二歲時方舉貢生，卻在四年後撒手人寰，他一生除了擔任短暫的幕僚與從事西席工作外，可以說大半生都在為應試而努力，也不斷地受到及第未果的打擊，蹉跎偃蹇，終身不遇。或許正因為蒲松齡自身的職志和遭遇，使得他在創作《聊齋志異》筆下的男性角色時，對書生情有獨鍾，致令男主角多半是懷才不遇、失意困頓的書生。

然而，即使如此，蒲松齡卻始終沒有放棄過晉身仕途的打算，畢竟十年寒窗無人問，一舉成名天下知的功名路，是莘莘學子終生企求達到的理想。是故，蒲松齡自己雖身處於公道不彰的黑暗闈場中，仍未對仕途失望灰心，同樣地也對有相同遭遇的書生做出補償或回饋。誠如葉惠齡所言：「他（蒲松齡）所以創造鬼狐，便是將鬼狐當成他唯一的安慰與樂趣的泉源。」[四]其實不僅是異類女性，往往連人類女性角色，都是蒲松齡用以作為對具文才之貧寒書生的一種肯定。

這些書生空有一身文才，卻沒有顯赫家世和富裕錢財作為後盾，在現實社會中遭到權貴的輕視，受盡人們的吆喝與白眼，惟有在這些正面形象的女性主角面前，方能尋回讀書人的傲骨。這些女性通常有著識人的本事和美麗的容顏，對落難的窮書生能獨具慧眼，這種特別的青睞，撫平了書生在現實社會中遭受到的屈辱與失意。他們的懷才不遇，在女性眼中只是有志難伸的無奈，因此，女性以自己的才能或法力相助，或使其考取功名，或使其生活無慮，令書生得以擺脫蹇厄的命運。

四 詳見葉惠齡：《聊齋誌異中鬼狐故事的探討》（台北：中國文化大學出版部，一九八二年），頁四七—四八。

以女性的青睞作為書生命運的轉捩點，可以說這是作者對書生文才的一種肯定。這些正面形象的女性愛才不愛財，以迥異於世俗的觀點，肯定了書生的才能，也成全了書生的氣節；蒲松齡以女性為工具，賦予她們美麗的外表與通天的法力，安排她們主動親近男子，自薦枕席，使男子產生一種「眾人皆無我獨有」的優越感，以肯定自己。

人都有一種自我補償的心理調節功能，當慾望受挫不能滿足之際，總會另尋出路以求自我價值之確認，使失衡的心態得以恢復平衡；而以幻想的方式與現實相對立，正是這種自我補償現象最常見的形式。葉惠齡即以為：故事中的女主角大都非鬼即狐，具才華、美姿容、聰穎機智、溫柔多情，她們所鍾情的男子，則多半都是風流倜儻、窮苦失意的讀書人。而這些，都與他自己的懷才不遇有關，藉以滿足自己。[五]

世人擇偶選婿莫不以門第家世與財富權勢作為考慮的條件，非但上品不與下品婚配的陋習深植民心，即便是荊門布衣女也大都希望能嫁入大戶人家，寒士常是乏人問津的對象。但在《聊齋志異》的愛戀故事中，寒士不但不被女主角所棄，多數亦不被女主角的家庭所嫌惡，女性只著眼在他的文才或善良，以卷四〈青梅〉中的一句話來看，不但道盡了女主角的心事，也可清楚說明蒲松齡所期望的女性看待男子的心態：「天生佳麗，固將以報名賢；而世俗之王公，乃留以贈

五　詳見葉惠齡：《聊齋誌異中鬼狐故事的探討》，頁九二。

紈袴。」足見女性對寒士的青睞實有別於世俗的標準，當這類男性受盡世俗白眼時，對他們來說，女性的溫暖實是最好的撫慰。

第二節　男性對女性的恐懼與抗斥

傳統文學（男性文本）以塑造男性中心之理想女性形象為主，但於理想形象之外，仍有不少罪惡形象穿插其中。中國社會裡女性的罪惡形象可以「女禍」[六]觀為中心思想，所謂「女禍」其主要內容有兩個層面，即「色惑」與「弄權」[七]。在古人——主要是男性——眼中，只要女性有美色，或女性有實權，都可能導致禍難。因此，男性一方面善用社會制度——即男權體系——與道德觀念來強化男性統治的合理性與正當性，並藉此弱化女性的能力與思想；另一方面，男性卻又惴惴不安，深恐女性力量的反撲，畢竟女性的卑弱無能並非先天，而是後天塑成的。男性的這種不安，滲透到

六　「女禍」二字，原見《新唐書》：「女子之禍於人者甚矣！自高祖至於中宗，數十年間，再罹女禍，唐祚既絕而復續，中宗不免其身，韋氏遂以滅族。玄宗親平其亂，可以鑑矣，而又敗以女子。」詳見歐陽脩、宋祁：《新唐書》（北京：中華書局，一九七五年），頁一五四。

七　劉詠聰於《德．才．色．權——論中國古代女性》一書中認為：「所謂『女禍』，簡單來說，即『女性帶來的禍害』。在古代中國，『女禍』的內容主要有兩個層面：『色惑』與『弄權』。」。詳見劉詠聰：《德．才．色．權——論中國古代女性》，頁一五。

文本論述裡，遂一變成為對女性形象書寫的邪惡化，在依戀女性的心態下，潛藏著更深一層的對女性的恐懼與抗拒。

一、對女色的疑懼

自古以來，傳統社會就存在著婦女之美色足以令君臣亡國、令百姓敗家的觀念，如歐陽脩《新五代史》有這樣一段文字：

> 女色之能敗人矣！自古女禍，大者亡天下，其次亡家，其次亡身。身苟免矣，猶及其子孫，雖遲速不同，未有無禍者也。[八]

抨擊了女性以美色承寵禍國殃民的現象。另外，王充也曾說過「美好之人多邪惡」、「美色之人懷毒螫」，而「生妖怪者常由好色」、「為毒害者皆在好色」[九]之論點。

在《聊齋志異》中也有幾則篇章傳達了如出一轍的觀念，其中以卷一〈畫皮〉最具代表性。故事中的王生某次巧遇一名「二八姝麗」，自稱被賣做侍妾，不堪正妻嫉妒與欺凌，只好離家出走。王生貪戀其美色，又心憐之，於是自願提供落腳處，兩人也自此同居。王妻陳氏心生疑惑，勸王生

八　詳見歐陽脩：《新五代史》（北京：中華書局，一九七四年），頁一二七。

九　詳見王充：《論衡》（長沙：岳麓書社，一九九一年），頁三五一。

打發少女離開，王生不聽。某日，市街上偶遇一道士，指出王生「邪氣縈繞」，必遇妖邪，王生原本疑心少女，既而又想「明明麗人，何至為妖」，遂將道士之言拋諸腦後。返家後，王生無意間窺見「一獰鬼，面翠色，齒巉巉如鋸。鋪人皮於榻上，執采筆而繪之；已而擲筆，舉皮，如振衣狀，披於身，遂化為女子。」方知自己「心相愛樂」的姝麗原是鬼祟所化！王生求助於道士，但終為鬼女所害，「裂生腹，掬生心而去」，王生「腔血狼藉」，落得慘死下場。

文中鬼女以彩繪人皮幻化成麗人魅惑王生，美善的外表下藏裏的是猙獰的惡鬼，這樣的安排正是暗喻女性美色不過是包藏著禍心的惑人表象罷了！王生援救少女，將她藏於書室中，不過是貪圖其美色，而非出於正義。若世人執意像文中王生一般招惹美色的話，恐怕就容易被假象迷惑而自招災害。蒲松齡固然是在藉由王生的遭遇來啟示人們：「光明磊落，襟懷坦蕩，才不致招來外鬼；而貪慕財色者，最容易上當受騙，落入別人的陷阱。」[十]但究其創作心理，仍不難發現，故事背後潛藏著的是創作者男性意識中對女色的恐懼。此外，道士、瘋乞丐的洞明透澈與解難，都象徵著男性反制女色／女禍、反制此種恐懼的企望。儘管故事中以陳氏／女性來奔波解救王生，但她只是一個媒介，真正解難的助力仍來自於男性力量（道士與瘋乞丐）。

卷六〈考弊司〉也有相同的意涵。聞人生在鬼城見一妓女柳秋華「容妝絕美」，心中十分意愛，

十　張稔穰、楊廣敏評，詳見馬振方主編：《聊齋志異評賞大成》第一冊，頁二〇二。

秋華見他亦「喜形於色」。兩人「歡愛殊濃」，還情真意切地約訂婚嫁。待天亮後，老鴇來逼索金錢，聞人生這才想起腰包空空，老鴇立刻變了臉色，嘲弄說：「曾聞夜度娘索逋欠耶？」就連方才還濃情蜜意的柳秋華見此也皺起眉頭，不為剛與自己訂下婚約的聞人生說一句話。聞人生被脫下衣服抵債後，還奢望著與柳秋華話別，再次說定先前的婚約，未料，他窺視到老鴇與柳秋華竟然自肩膀以上變成了牛頭鬼，目光還忽閃忽閃的。這才明白什麼男歡女愛、什麼婚訂終身，全是一場騙局！

同〈畫皮〉中的少女一般，柳秋華也是藏在豔麗姿色下的夜叉鬼，以媚術迷惑男子，甚至可以為此而以婚嫁為手段；然而，當男性的優越條件不再，或達不到自己的目的時，女性的美善偽裝即卸除，露出本來的邪惡面目。本篇男主角聞人生較〈畫皮〉王生來得幸運的是，他未曾因而丟了性命，只損失了身外之財（衣物），而這個危難，同樣必須藉由另一名男性（秀才）的助力，才得以索回衣物，並返回家中。

另外，卷二〈廟鬼〉是較特殊的一篇，男主角是「純樸誠實」的秀才王啟俊，女主角則是一名城隍廟裡泥鬼所化身的醜婦，又胖又黑，其貌不揚。婦人意態猥褻地引誘王啟俊，王啟俊意志堅定地拒絕，始終不受誘惑，婦人於是以各種方法虐待王啟俊，或「批其頰」，或「以帶懸梁上，捽與並縊」，或使其投河，諸如此類的種種症狀，「術藥罔效」。幸有一名武士手持鎖鍊制伏了婦人，王啟俊的瘋病這才痊癒。這則故事不同於其他同類型篇章之處，在於：一、女主角其貌不揚，不符合

「美」的條件；二、男主角始終不為所惑，姑且不論是因為女主角無「美」色，方不為所誘；抑或是男主角定性十足，坐懷不亂。男主角未被女主角引誘成功是實情，然而在「美色」與「好色」兩個條件均不成立的情況下，女色害人的事實卻依然發生，這代表了創作者男性意識裡，對女色更深一層的恐懼：不僅美色害人，不僅好色自敗，女性本身無論貌美與否都有可能成為一個禍害。這將女禍觀更推進了一層，塑造出更罪惡的女性形象，也反映出男性更幽微的懼意。

美色，是男性所好，卻又害怕因此而受女性控制，遂衍生出這類美色害人的篇章，是警惕男性不要為美色所惑，同時也展現創作者潛藏的恐懼心理。

而美色之外，少數篇章更是直接將這種恐懼導向貪戀美色後緊接而來的性愛上。如卷七〈鬼津〉即以一種隱諱的方式暗述男性對女性在性主導方面的疑懼：

> 李某晝臥，見一婦人自牆中出，蓬首如筐，髮垂蔽面；至牀前，始以手自分，露面出，肥黑絕醜。某大懼，欲奔。婦猝然登牀，力抱其首，便與接唇，以舌度津，冷如冰塊，浸浸入喉。欲不嚥而氣不得息，嚥之稠黏塞喉。才一呼吸，而口中又滿，氣急復嚥之。如此良久，氣閉不可復忍。聞門外有人行聲，婦始釋手去。由此腹脹喘滿，數十日不食。或教以參蘆湯探吐之，吐出物如卵清，病乃瘥。

周正娟認為「婦人以舌度津強行將稠黏如卵清之物送入李某體內，為性行為之象徵」[十二]，男權社會所認定之正常性行為乃由男性主導，但本文所述則完全顛覆了男性主動／女性被動的模式，此隱諱的性行為是由女性以一個征服者的恣態強迫男性從之，男性非但沒有掌控權，反而被迫服從。再者，女主角是一名又肥又黑、醜陋不堪的婦人，不是一般男性期望的天仙姿色之豔遇對象，沒有了取悅作用，故這樣的強迫性行為更教男主角無法接受，是一種生理與心理上的雙重戕害。透過這樣一則故事的陳述，我們看到男性懼怕喪失性主導權的不安。

卷十二〈青城婦〉更是直接將「性」與「死亡」連結在一起：

> 費邑高夢說為成都守，有一奇獄。先是，有西商客成都，娶青城山寡婦。既而以故西歸，年餘復返。夫妻一聚，而商暴卒。同商疑而告官，官亦疑婦有私，苦訊之。橫加酷掠，卒無詞。牒解上司，並少實情，淹繫獄底，積有時日。
>
> 後高署有患病者，延一老醫，適相言及。醫聞之，遽曰：「婦尖嘴否？」問：「何說？」初不言，詰再三，始曰：「此處繞青城山有數村落，其中婦女多為蛇交，則生女尖喙，陰中有物類蛇舌。至淫縱時，則舌或出，一入陰管，男子陽脫立死。」高聞之駭，尚未深信。醫曰：「此處有巫媼能內藥使婦意蕩，舌自出，是否可以驗見。」高即如言，使媼治之，舌果出，

十二　詳見周正娟：《《聊齋誌異》婦女形象研究》，頁二一五。

疑始解。牒報郡。上官皆如法驗之，乃釋婦罪。

傳統社會對於寡婦——特別是年輕寡婦——有諸多誤解，多半認為是否其有尅夫之命或侍奉不周，而這當中有另一種較隱諱的揣測，即此婦是否在性愛方面需索無度，或有誨淫謀殺之嫌，以致丈夫早逝。本篇即建立在這樣一個文化背景基礎上。

青城婦的寡婦身分本就教人有諸多揣測，再婚之新夫又暴斃而亡，自然教人疑心，連知府也斷然疑心青城婦與人有姦情而謀害新夫。然而當事實的真相揭露，我們卻也赫然驚覺創作者的內心疑懼。原來青城婦乃人蛇交合所生之女，生理構造特殊，與男子交歡時陰部會有蛇舌吐出，耗盡男子的精力，使其虛脫而亡。蛇向來予人陰暗、厭惡、恐怖、死亡的印象，本文以蛇為青城婦的另一半血統，有其象徵意義。而男女交歡時，竟會有蛇舌吐出，使男性精盡人亡，更顯現了男性對女性在性方面的疑懼，疑懼女性會否轉而成為性的勝利者，以性操控男性，甚至使男性毀滅，取而代之其優越地位。

同樣畏懼女性以性為手段毀滅男性的篇章，還有卷十一〈狐女〉、卷四〈土地夫人〉等篇。〈狐女〉寫狐女現身與伊袞交歡，伊袞心知肚明她是狐狸精，卻因愛戀其美貌，也就秘而不宣了。時間一久，伊袞形鎖骨立，變得十分瘦弱。〈土地夫人〉寫王炳見土地神祠有一美人，向他頻送秋波，王炳因而以言語挑逗她，兩人於是相約交歡。此後不斷來往，過了半年，王炳因而病倒了，但美人卻來得更頻繁，不久，王炳終於病逝。兩篇故事同樣寫女性以性害人，都強調了沉溺女色的嚴重惡果，輕則「形體支離」，重則一命嗚呼。而〈土地夫人〉描述在王炳病倒後，美人仍執意前來與之交歡，直至王炳病亡，更是有意呈述女性刻意以性害人的心機。

而面對這樣的性恐懼，男性如何抗斥？如何反制？卷三〈伏狐〉提供了一種方法：以房術驅之。本篇記載了兩則故事：其一，某太史被狐妖所惑，精氣虧損，得了枯瘦之疾，符咒、祈禱都起不了作用。後來一名自稱能降伏狐妖的江湖郎中開了春藥給太史，讓他與狐妖交歡，太史「銳不可當」，終使狐妖因交歡而亡。其二，某生「素有嫪毒之目」，一日，有狐女前來交歡，未料某生「貫革直入」，狐女驚痛而逃。蒲松齡在文末評道：「此真討狐之猛將也！宜榜門驅狐，可以為業。」當男性恐懼在性方面受女性操控、為女性所害時，企圖以其人之道還治其人之身，增強性能力，利用性反制女性，破除吸精威脅，是男性面對此種懼意下的反抗意識。

二、對女權的憂慮

男性對女禍的憂懼除了擔心美色惑人外，也憂心女性專權。卷四〈柳秀才〉就以極隱諱的方式，寫出男性對女性反撲、專權的深深恐懼：

明季，蝗生青兗間，漸集於沂。沂令憂之。退臥署幕，夢一秀才來謁，峨冠綠衣，狀貌修偉。

自言禦蝗有策。詢之，答云：「明日西南道上，有婦跨碩腹牝驢子，蝗神也。哀之，可免。」令異之。治具出邑南。伺良久，果有婦高髻褐帔，獨控老蒼衛，緩蹇北度。即爇香，捧巵酒，迎拜道左，捉驢不令去。婦問：「大夫將何為？」令便哀懇：「區區小治，幸憫脫蝗口。」婦曰：「可恨柳秀才饒舌，洩吾密機！當即以其身受，不損禾稼可耳。」乃盡三巵，瞥不復見。後蝗來，飛蔽天日；然不落禾田，但集楊柳，過處柳葉都盡。方悟秀才柳神也。或云：「是宰官憂民所感。」誠然哉！

本文雖是一則有關蝗蟲災害的神異故事，並不是以兩性為主題的篇章，然若細究其潛藏的創作心理，不難發現，篇中的蝗神婦人是有其特殊之象徵意義。

人類社會由母系轉而成為父系社會，其中一個主要原因正在於男性擅長種植與放牧的優勢，家族、宗法觀念由此建立，日趨穩固，男尊女卑的價值觀也逐漸成形。農事生產是男性的權力範圍，但這些農作物卻將被蝗蟲毀滅。而支配蝗蟲毀滅農田的蝗神，竟是一名女性。大權在握的女性蝗神有著毀滅一切的力量，其支配蝗蟲來破壞農作物，正象徵著男性權力範圍為女性勢力所入侵進而毀滅。沂水縣令憂心蝗災，正是男性集體意識在享受支配者威權之餘，擔心恐懼女權反撲的表徵。而後藉由柳秀才（另一股男性助力）的提點，沂水縣令順利化解了這場被反撲的危機，儘管柳秀才必須為此付出代價，但仍不脫英雄主義的思想，小我男性犧牲自己來挽救大我男性免於女性反撲的恐懼。

此外，女性弄權表現在社會國家中，是女性干政；表現在一般家庭中，即是女性凶悍。前文已述，悍婦是蒲松齡極力批判的一種女性類型。蒲松齡之所以反對悍婦，除因為自身、親友遭遇，希望天下無悍婦以求家庭和樂外，更深一層的潛藏意識，恐怕是為了要「振乾綱」。雖言「男主外，女主內」，然而在傳統社會裡，所謂女主內，只是讓女性負責家中大大小小的事務，真正的決策者、主導者仍是男性，女性只是扮演服從者、執行者的角色。但悍婦卻不然，女性之悍施於丈夫身上，加諸翁姑、家人，造成男性的怯懦，悍婦儼然成為家庭的支配者，凌駕於男性勢力之上，男權蕩然無存。這在封建的男權社會裡是多麼嚴重的事啊！女性怎可有權？怎可支配、征服男性呢？於是就形成了對悍婦的口誅筆伐，藉文本以宣揚教化女性「以夫為天」的思想，企圖消弭家庭中女性弄權的情況。

對於這些專權的女性，蒲松齡又是如何處理的呢？以悍婦為例，他透過感化與懲治來馴悍，讓悍婦一變而為柔順巧貞之賢妻良母，例如〈珊瑚〉、〈江城〉、〈馬介甫〉、〈邵九娘〉、〈閻王〉……等篇。而《聊齋志異》書中有一篇故事更是直接以性為手段來嚴懲悍婦，卷十一〈王大〉寫一群鬼靈於路上遇見村中素來喜歡與人爭吵罵街的趙氏妻，於是提議捉弄懲罰趙氏妻，先是以泥土塞入趙氏妻口中，令她不得呼叫。其中一人說：「此等婦，只宜椓杙陰中！」於是將一塊長石頭硬塞入趙氏妻的陰戶裡，讓趙氏妻癱倒似死。後來，趙某發現妻子昏倒路中，救了回家，趙氏妻自此不敢再罵街。懲戒與教化的目的達到了，但這樣殘酷的手段，實不足取！以長石強納陰中的做法，正是象徵一種暴力式的性行為，藉由這種暴力式性行為來懲戒悍婦，使其不敢再犯，是男性集體意識的呈述。

而〈顏氏〉所寫的又是另一種的處理方式，儘管前文曾論述以作為一個女性角色個體來看，顏氏辭官深居閨中，是出自於她的自由意志（正確來說，是女性受到封建思想影響下的自由意志），然而，若從創作者的角度視之，作者安排這樣的結局，不正是受到男性意識恐懼女性專權的影響？作為一個有才華的角色形象，蒲松齡可以讓顏氏大展長才；但作為一個「女性形象」，蒲松齡還是讓她退下政治舞臺，甘心居於深閨之中，深究其原因，正是男性不願也不甘讓女性坐擁實權，尤其是一個原本屬於男性勢力領域的實權。

除了固守自身原本權力範圍，男性甚至在潛意識裡期望將上天賦予女性特有的生育權，取而代之。卷八〈男生子〉即是敘述一個男妓懷孕生子的奇聞：

> 福建總兵楊輔，有孌童，腹震動。十月既滿，夢神人剖其兩脅去之。及醒，兩男夾左右啼。起視脅下，剖痕儼然。兒名之天舍、地舍云。

大自然賦予女性孕育生命的能量，獨有的生育權讓女性「身為女人，比起男性，似乎多了一條參與化育，見證生命的路。」[十二]然而，這種化育、掌控生命的力量，也讓男性深感不安，因為他們感到自己彷佛是被操控在女性／母者的手中，沒有女性，就沒有他們。而這也關乎到男性所重視的子嗣

十二　詳見沈冬青：〈只有女人才懂女人（下）〉，《幼獅文藝》第五二四期（一九九七年八月），頁五二。

傳承問題，如果，男性也擁有孕育生命的能力，傳承子嗣一事就不必再掌控於女性身上。對男性而言，女性這極大的權力被剝奪，他們對於女性的恐懼就少一層，而自己所能掌控的範圍也就更大。蒲松齡在本篇中以男性生子的奇想，來抗拒女性的孕育能力、剝奪女性的主導領域，其心態不難想見。與其將本篇當成是一則奇聞來閱讀，不如說是蒲松齡藉文字流露出男性潛藏的奇想。

第七章　結論

蒲松齡一生懷才不遇、窮愁潦倒。他積極追求前途和功名，卻一再幻滅。這樣的經歷構成他一生的主要矛盾，也造成他巨大的心理壓力和精神折磨。而蒲松齡所處的時代環境、所見所聞等皆對《聊齋志異》的創作有所影響。在這種種影響下，造就了蒲松齡的女性觀點。

女性角色是《聊齋志異》全書描繪最成功的地方之一，蒲松齡塑造了大量的女性角色，這當中他傾注心力，模塑出他心目中理想的正向女性形象，這個女性形象多半是兼具德、才、貌——尤其是前兩者。她們貌美，帶動男性主角／讀者的情欲，以繼續情節的發展。而蒲松齡依循著傳統封建社會下男性的視角，去形塑正向女性角色，稱許她們貞節柔順，孝順父母、謹事公婆、柔順丈夫、和睦妾婢、教養子女，對家庭、對男性主角多所犧牲而無怨無悔。而可喜的是，蒲松齡並未堅持「女子無才便是德」的看法，他筆下的理想女性個個有才能，或是擁有詩畫琴棋之才華，憑添兩性相處互動時的情趣；或擅於治家經營，以使家人衣食無憂，甚至累積鉅富；或能保家全身，防範禍患，甚至為家人報仇雪恨。在蒲松齡看來，女性的才、德並不相妨，甚至兩者之間是建立了一種相得益彰的關係。

基於道德標準（此一道德標準實則為「男性的標準」），著眼於「婦德」的層面，蒲松齡火力全開批判的女性形象，則是無貞節、不柔順的女性。蒲松齡因著普遍深植人心的男權思想、現實生活的親身遭遇，他深惡悍妒。蒲松齡所塑造出的悍婦妒女，往往具有殘忍刻毒的手段，加上蒲松齡誇張、渲染的筆法，讓這些女性角色令人產生了厭惡之感。蒲松齡除藉由筆鋒大肆批判外，更不忘利用感化或懲治的方法來改造悍婦妒女成為柔順溫婉的賢淑女性。蒲松齡將女性悍妒的成因解釋為隔世因緣或天性使然，然而他卻忽略了除了少數悍婦是天生凶悍，以悍為主之外，其餘多半是由妒生悍。而「妒」之所以產生，往往肇因於封建社會的一夫多妻制度。婢妾則為了贏得丈夫的歡心、爭取更有利的條件與地位而獻媚邀寵；正妻因為家庭生活領域的被入侵、被佔據，加上社會期望、要求正妻在面對妻妾成群時，能自我壓抑，甚至寬宏豁達，使得正妻由苦生妒，由妒生悍。蒲松齡忽略了這個更深層的肇因，而僅一味鞭撻悍妒，試圖構建出一夫多美的理想圖。但值得注意的是，蒲松齡對女性的悍妒並非全盤否定。若男性在悍妻的導正下有所長進，而悍妻行徑又不至於過份無理的話，蒲松齡可謂是「樂見其悍」。換言之，深惡悍妒的蒲松齡能接受悍婦，就只有在對男性有益的情況下，這無疑揭示了蒲松齡思想中封建、現實的一面。

處於明清一方面封建理學的婦女貞節意識深入人心，一方面廣大婦女突破了封建禮教的禁錮，要求婦女再嫁的矛盾時期，蒲松齡一方面批判婦女的失貞，另一方面卻也「有條件」地讓婦女得以改嫁。蒲松齡主要批判的是女性未婚失貞、已婚通姦、再婚改嫁。對於這些不貞的女性，蒲松齡基於道德觀、善惡觀與果報觀，仍堅持著必須給予她們懲治，不管是現世報或來世報。但在某些特定情況下，男性為了給自己帶來更大利益，他們會對女性貞節的要求有所放鬆，如為了保全子嗣，或為了金錢利益，或關係自身的性愛利益，一些男性能接受女性的再適他人。

儘管蒲松齡大力稱揚賢良淑德的正面女性形象，卻也深知這類女性受限於道德約束與壓抑，顯得呆板無趣；因而蒲松齡在現實世界的人類婦女之外，又大量塑造了一批異類女性角色，以滿足男性內心深處的情愛大夢。這兩類女性的出現，可說是男性對女性的德、色雙重需求的外化。《聊齋志異》一書中充滿了許多動人的戀愛故事，而愛情的發生並不受物種界別所限，男子可與人、仙、妖、鬼發生情感。人類女性與異類女性最大的共通性，即是「無妒」。異類女性所喜歡並主動與之歡好的對象，往往是已有妻室的男性，第三者與正室無實際接觸，無所謂的雙方接納或相互衝突的產生，甚至有些情況雙方相互知道彼此的存在，卻毫無妒意，甚至樂於接納對方。其次，異類女性的無妒又表現在她們並不介意與自己歡好的男性同時又與其他異類女性歡好，除非那另外的異類女性本身有害於男性。

人類女性與異類女性除了同樣無妒外，在其他方面就具有不少差異性存在，主要是在女性德才貌與兩性結合方面。蒲松齡描寫人類女性時，除少數篇章中幾位人類女性外，蒲松齡很少提到她們的相貌如何，主要是將重心擺放在她們的德與才之描寫。而描寫鬼狐仙妖這些異類女性時，除有少數幾位年紀稍大之外，蒲松齡一般都會刻意強調其青春曼妙且貌美絕倫。其次，在男女結合方面，人類女性一般是絕對依照「父母之命，媒妁之言」來實行的，實行「親迎之禮」，恪遵禮教、守貞不移，這便符合了蒲松齡對人類女性正面形象在婦德上的要求。異類女性就不同了，既然異類女性是為滿足男主角／男性作家情與性的需求而塑造出來的，於是她們往往向男性自薦枕席，主動為他們消除寂寞，給他們帶來難以言喻的性愛歡樂。蒲松齡在寫異類女性之男女歡愛時，多半筆觸大膽而開放，卻不低俗。異類女性在性愛上的主動與開放，是取代落實在人類女性身上來營造的。蒲松齡在塑造異類女性時，德、才、貌三者是皆備的，尤其是側重於「貌」及其帶來的「性」的愉悅。

《聊齋志異》中大量出現的人類或異類女性可說是來源於蒲松齡對女性的理解與理想，其正面與負面類型的評判準則為何？其實正是蒲松齡從男性立場出發的道德標準。無妒無悍、能順從男性的溫婉貞良女性形象即是正面，強勢兇悍、威脅男性地位的妒婦悍女即是負面形象；儘管蒲松齡也前瞻性地支持女性才德兼備、自由婚戀，在有條件的情況下認同女性改嫁，但不可否認，蒲松齡在女性形象的塑造上，多半仍是沿用男權意識、父權視野去看待、去形塑的。

書中存在不少自願或者甘於沒有自我的女性人物，她們不曾察覺女性自我意識的存在或無意覺醒，更甚者，有些女性竟需透過男性來「肯定」自我、「完成」自我。封建社會裡的女性幾乎是成為一個甚至多個男性的附屬，而非她自己。所謂「三從」，講的正是女性一生中確立自己身分地位的三個憑藉。女性自身在社會中是無能也無法為自己爭取更好、更高的地位，只能透過男性來達成。女性淪為附屬性別的情況，還有一種是被物化，全然忽略了女性也是一個獨立個體。而值得注意的是，在《聊齋志異》中有一些特殊的情況，營造了女性假象的主導，這些女性其實仍是居處於男性之下。或是假男性性別去完成理想、獲取成就，但骨子裡卻仍保有傳統封建婦女的次等性別思想；或是假自由婚戀的名義，讓女性主動追求男性，實則是建立在滿足男性的性慾上。諸如此類，稱不上是進步的思想。

但另一方面，也有不少女性已經注意到「自我意識」的問題，她們在過程中探索自我、建立自我，並勇於呈現自我，為自我發聲。她們重視自我選擇權——尤其是在對命運的抉擇上，並不認為女性在父權社會裡就應該當一個沒有聲音的性別。這些女性角色意識到女性是一個獨立的個體，可以獨立於男性之外，不必仰賴、附屬於男性。她們處事或兩性相處時善用自身的優勢，居於主導地位。

尤其特殊的是，包括蒲松齡所嚴加批判的妒婦在內，若以女性的自我意識視之，妒婦的敢於將內心之妒恨形之於外，勇於拒絕婚姻中的第三人，拒絕男權社會要求身為妻子必備的不合理的包容與無妒，正是女性自我意識的抬頭與展現。此外，雖然蒲松齡對悍婦的評價是低下的，但不可否認的，在男性／女性、丈夫／妻子的關係上，悍婦突破傳統女性道德的藩籬，在整個家庭生活中掌控一切，女性成為發出命令、操控另一半的一個性別，她們不僅主導自己的人生，更大膽地接收男性在家庭中的地位與優勢，理直氣壯地主導家庭生活、主導兩性之間的關係。儘管這樣的模式有些矯枉過正，但仍不可否定其解構男權之重要意義。

文學創作受到創作者深層意識的潛在制約，從《聊齋志異》文本創作的背後，不難看出蒲松齡所潛藏的心理意涵。在《聊齋志異》一書大量的情愛婚戀故事中，蒲松齡以心目中理想的德才貌兼備、無妒無悍之溫婉貞良女性形象，來投射男性的情愛與性愛大夢，表現男性對功名利祿的渴盼和禮贊，以及藉由女性來撫慰男性的失意。另一方面，男性善用社會制度與道德觀念來強化其統治的合理性與正當性，並藉此弱化女性的能力與思想，但卻也因此惴惴不安，深恐女性力量的反撲。男性的這種不安，滲透到《聊齋志異》文本論述裡，遂一變成為對女性形象書寫的邪惡化，在依戀女性的心態下，潛藏著更深一層的對女性的恐懼與抗拒。

李玲曾指出：

> 藝術對生活的指導作用，是一種塑造，是一種規範，也可能是一種壓抑。它激發了我們內心中這一些可能性，又壓抑著另外一些可能性。男性作家對女性的藝術想像，一旦被讀者廣泛接受，就會成為強有力的文化規範，塑造著作為讀者的男性和女性。文學批評就必須審視這種規範的合理性，必須考察男性對女性的藝術想像，哪一些表達了男性對女性世界的合理看法，哪一些又表現了男性對女性世界的不合理的霸權意識。[一]

蒲松齡以男性視角觀照女性，其女性觀呈現的是「二象性」[二]的發展。蒲松齡能在創作中歌詠女性

一　詳見李玲：〈想像女性——男權視角下的女性人物及其命運〉，http://www.xslx.com/htm/zlsh/shrw/2004-03-16-16360.htm。

二　徐虹認為蒲松齡的婦女觀呈現的是進步與落後二象性的發展，互相矛盾卻不衝突。詳見徐虹：〈從《聊齋》的女性形

自由與獨立意識、倡導男女自由而真摯的相愛，勇敢的向封建禮教及男權勢力挑戰，這種精神力量、勇氣膽略是難能可貴的。但他畢竟是個封建文人，思想上難免固留著保守、落後的一面，篇章中不可避免地帶有封建男權思想的色彩，如強調女性的貞節與柔順、提倡一夫多妻制度、批判女性悍妒……等。蒲松齡的女性觀實際上是「封建士大夫進步與落後、正統與保守的綜合產物」[三]。

蒲松齡這種既有進步思想又攙雜著落後思想的矛盾的女性觀是有其歷史原因：他生活在清初，就文化心理而言，正處於明中葉後興起的啟蒙思潮和清初復古思潮的漩渦交匯處，他既受前者的薰染，也受後者的浸淫，他身上既有著順應社會發展、歷史前進與程朱理學針鋒相對的民主意識，又殘留著保守的落後的封建思想意識。因而，作者的內心世界既豐富多彩又迷離複雜，在《聊齋志異》中，展現了一個堅定地執著人生理想、熱切地關注個體生命、極度地張揚人性欲望，可憐又可愛的作者形象。蒲松齡個人在看待女性的思想觀念上仍未臻成熟，故其作品終究難以超脫男性本位的文化怪圈，出現主張婦女平等的先進思想之同時又存有反對婦女解放、維護男權利益的「二象性」女性觀也就不難理解了。雜糅著進步與落後的視野，《聊齋志異》所呈現出的女性觀，與其說是蒲松齡個人的觀點思想，毋寧說是那個時代部分男性作家、學者普遍的思想矛盾。透過《聊齋志異》，

三　詳見徐虹：〈從《聊齋》的女性形象談蒲氏的女性觀〉，《連雲港師範高等專科學校學報》二〇〇一年第三期，頁二四。象談蒲氏的女性觀〉，《連雲港師範高等專科學校學報》二〇〇一年第三期（二〇〇一年九月），頁二四。

我們也看到蒲松齡試圖在矛盾中為這二象性的觀點協調出一個平衡，遺憾的是，至少在該書中，蒲松齡仍未尋獲一個圓滿的答案，我們仍然看到了進步的作者與落後的作者不斷地在進行著對話、進行著辯證，衝突與矛盾依舊多在。

本論文藉由闡明《聊齋志異》中女性形象及其內涵、女性在兩性關係上的內涵，展示蒲松齡對女性形象的迷思及其對女性認知的反省與思考，從而明白蒲松齡女性觀之進步與不足，及其時代意義與價值；也試圖釐清明末清初在男性論述文本與現實社會環境中女性的處境和定位，或有助於清代女性問題研究之參考。

參考文獻（按出版時間排序）

一、原典

1.歐陽脩：《新五代史》，北京：中華書局，一九七四年版
2.李贄：《焚書》，台北：河洛圖書出版社，一九七四年五月版
3.歐陽脩、宋祁：《新唐書》，北京：中華書局，一九七五年版
4.郭茂倩：《樂府詩集》，北京：中華書局，一九七九年版
5.李昉：《太平廣記》，台北：文史哲出版社，一九八一年版
6.章學誠著，葉瑛校注：《文史通義校注》，北京：中華書局，一九八五年版
7.范曄著，楊家駱主編：《後漢書》新校本，台北：鼎文書局，一九八五年四月，四版
8.戴德撰，高明注譯：《大戴禮記》，天津：天津古籍出版社，一九八八年版
9.王充：《論衡》，長沙：岳麓書社，一九九一年，一版
10.天花藏主人：《玉嬌梨》，北京：華夏出版社，一九九五年版

11.干寶著，黃滌明譯注：《搜神記全譯》，貴陽：貴州人民出版社，一九九六年三月，一版三刷
12.毛公傳，鄭玄箋，孔穎達疏：《詩經》十三經注疏本，台北：藝文印書館，一九九七年八月，初版十三刷
13.王弼、韓康伯注，孔穎達等正義：《周易》十三經注疏本，台北：藝文印書館，一九九七年八月，初版十三刷
14.鄭玄注，賈公彥疏：《儀禮》十三經注疏本，台北：藝文印書館，一九九七年八月，初版十三刷
15.鄭玄注，孔穎達等正義：《禮記》十三經注疏本，台北：藝文印書館，一九九七年八月，初版十三刷
16.蒲松齡著，張友鶴輯校：《聊齋誌異》會校會注會評本，上海：上海古籍出版社，一九九七年十月，一版四刷
17.葉紹袁：《午夢堂集》，北京：中華書局，一九九八年版
18.蒲松齡：《抄本聊齋文集》，北京：中華全國圖書館文獻縮微複製中心，一九九八年十二月

二、今人專著

1.魯迅：《中國小說史略》，台北：谷風出版社（未註明出版時間與版次）
2.葉惠齡：《聊齋誌異中鬼狐故事的探討》，台北：中國文化大學出版部，一九八二年
3.羅敬之：《蒲松齡及其聊齋志異》，台北：國立編譯館，一九八六年二月
4.張景樵：《清蒲松齡先生留仙年譜》，台北：臺灣商務印書館，一九八七年八月，二版
5.游國恩等主編：《中國文學史》，台北：五南圖書出版公司，一九九〇年十一月，初版

6. 陳東原：《中國婦女生活史》，台北：臺灣商務印書館，一九九〇年十二月，臺九版

7. 俞汝捷：《幻想和寄託的國度——志怪傳奇新論》，台北：淑馨出版社，一九九一年四月，初版

8. 趙吉惠等主編：《中國儒學史》，中州：中州古籍出版社，一九九三年版

9. 劉大杰：《中國文學發展史》，台北：華正書局，一九九四年七月版

10. 劉詠聰：《女性與歷史——中國傳統觀念新探》，台北：臺灣商務印書館，一九九五年一月，臺初版一刷

11. 康正果：《重審風月鑑——性與中國古典文學》，台北：麥田出版社，一九九六年一月，初版

12. 馬振方主編：《聊齋志異評賞大成》四冊，台北：建安出版社，一九九六年四月，初版一刷

13. 劉詠聰：《德．才．色．權——論中國古代女性》，台北：麥田出版社，一九九八年六月，初版一刷

14. 章義和、陳春雷：《貞節史》，上海：上海文藝出版社，一九九九年十一月，一版一刷

15. 牟鐘鑒、張踐：《中國宗教通史》上、下冊，北京：社會科學文獻出版社，二〇〇〇年一月，一版一刷

16. 吳秀華：《明末清初小說戲曲中的女性形象研究》，南京：江蘇古籍出版社，二〇〇二年九月，一版一刷

17. 朱一玄：《聊齋志異資料匯編》，天津：南開大學出版社，二〇〇二年十一月，一版一刷

三、期刊論文

1. 梁伯傑：〈「聊齋」女主角的塑造〉，柯慶明、林明德主編《中國古典文學研究叢刊．小說之部（二）》，台北：巨流圖書公司，一九八五年五月，初版三印

2.王溢嘉：〈欲望交響曲——《聊齋》狐妖故事的心理學探索〉，辜美高、王枝忠主編：《國際聊齋論文集》，一九九二年七月
3.汪玢玲：〈七十年來的蒲松齡研究〉，《蒲松齡研究》一九九四年二期，一九九四年六月
4.李國彤：〈明清之際的婦女解放思想綜述〉，《近代中國婦女史研究》第三期，一九九五年八月
5.陳清輝：〈李贄「童心說」微旨初探〉，《國立僑生大學先修班學報》第五期，一九九七年七月
6.沈冬青：〈只有女人才懂女人——讀簡媜《女兒紅》（上、下）〉，《幼獅文藝》第五二三、五二四期，一九九七年七、八月
7.徐文明：〈《聊齋》中的妒婦悍婦與中國古代的納妾制度〉，《蒲松齡研究》一九九九年，三期（總第三十三期），一九九九年九月
8.蕭義玲：〈李贄「童心說」的再詮釋及其在美學史上的意義〉，《東華人文學報》第二期，二〇〇〇年七月
9.馬瑞芳：〈《聊齋志異》的男權話語和情愛烏托邦〉，《文史哲》二〇〇〇年第四期（總第二五九期），二〇〇〇年八月
10.王麗華：〈論《聊齋志異》中女性獨立的愛情意識〉，《遼寧師專學報（社會科學版）》二〇〇〇年第六期（總十二期），二〇〇〇年十二月
11.曲沐：〈漫議《聊齋志異》的「性」文化美質〉，《貴州大學學報（社會科學版）》，第十九卷第二期，二〇〇一年三月

12. 徐大軍：〈男權意識視野中的女性——《聊齋志異》中女性形象掃描〉，《蒲松齡研究》二〇〇一年一期（總第三十八期），二〇〇一年三月
13. 趙章超：〈試論《聊齋志異》的女性主義色彩〉，《樂山師範學院學報》二〇〇一年第三期，二〇〇一年四月
14. 陳慶紀：〈從《聊齋志異》看蒲松齡宗教觀的價值取向〉，《蒲松齡研究》二〇〇一年二期，二〇〇一年六月
15. 徐虹：〈從《聊齋》的女性形象談蒲氏的女性觀〉，《連雲港師範高等專科學校學報》二〇〇一年第三期，二〇〇一年九月
16. 王慶雲：〈三百年來蒲松齡研究的歷史回顧〉，《山東社會科學》二〇〇二年四期，二〇〇二年八月
17. 吳冬紅：〈文人的自我療救——從《聊齋志異》情愛故事看蒲松齡的創作心理〉，《浙江師範大學學報（社會科學版）》二〇〇二年第四期（總第一二〇期），二〇〇二年八月
18. 吳霞：〈《聊齋志異》愛情小說中的性別偏見〉，《安慶師範學院學報（社會科學版）》第二十一卷第五期，二〇〇二年九月
19. 李新燦：〈隱形價值的保護與轉換——從明清小說看男性對貞節觀念的變化〉，《語文學刊》二〇〇二年第六期，二〇〇二年十二月
20. 占驍勇：〈《聊齋志異》中女性形象的來源〉，《華中科技大學學報．社會科學版》二〇〇三年一期，二〇〇三年一月
21. 白燕：〈蒲松齡與《聊齋志異》中的悍婦妒女〉，《社會科學輯刊》二〇〇三年第二期（總第一四五期），二

〇〇三年四月

22. 陶祝婉：〈德與色，貞女賢婦與「自由」女性——《聊齋志異》「人類」與「非人類」正面女性形象比較〉，《浙江教育學院學報》二〇〇三年第五期，二〇〇三年九月

23. 劉長江：〈明清貞節觀嬗變述論〉，《西南民族大學學報．人文社科版》總二十四卷第十二期，二〇〇三年十二月

四、學位論文

1. 朴永鍾：《聊齋志異的再創作研究》，台北：國立台灣大學中國文學研究所碩士論文，一九九二年十二月

2. 周正娟：《《聊齋誌異》婦女形象研究》，台中：私立東海大學中國文學研究所碩士論文，一九九五年六月

3. 黃蘊綠：《明末清初才子佳人小說中的佳人形象》，台北：私立淡江大學中國文學系碩士班碩士論文，一九九七年五月

4. 劉惠華：《聊齋志異女性人物研究》，台北：國立台灣大學中國文學研究所碩士論文，一九九七年六月

5. 林玉珊：《馮夢龍「情教說」之研究》，台中：國立中興大學中國文學系碩士論文，二〇〇〇年八月

6. 張嘉惠：《《聊齋誌異》女妖故事研究》，高雄：國立中山大學中國語文學系研究所碩士論文，二〇〇二年七月

五、網路資料

1. 李玲：〈想像女性——男權視角下的女性人物及其命運〉，
http://www.xslx.com/htm/zlsh/shrw/2004-03-16-16360.htm

2. 曹萌：〈蒲松齡的雙重人格與《聊齋志異》蘊涵的文化傳統〉，
http://www2.zzu.edu.cn/zywh/xslw/蒲松龄双重人格与《聊斋志异》蕴涵的文化.doc

國家圖書館出版品預行編目

從《聊齋志異》論蒲松齡的女性觀／藍慧茹著. 一版
臺北市：秀威資訊科技, 2005[民 94]
面； 公分. -- 參考書目：面
ISBN 978-986-7614-98-8（平裝）
1. 聊齋志異 - 評論

857.27 94001581

語言文學類 AG0024

從《聊齋志異》論蒲松齡的女性觀

作　　者 / 藍慧茹
發 行 人 / 宋政坤
執行編輯 / 李坤城
圖文排版 / 張慧雯
封面設計 / 莊芯媚
數位轉譯 / 徐真玉　沈裕閔
圖書銷售 / 林怡君
網路服務 / 徐國晉
出版印製 / 秀威資訊科技股份有限公司
台北市內湖區瑞光路 583 巷 25 號 1 樓
電話：02-2657-9211　　傳真：02-2657-9106
E-mail：service@showwe.com.tw
經 銷 商 / 紅螞蟻圖書有限公司
台北市內湖區舊宗路二段 121 巷 28、32 號 4 樓
電話：02-2795-3656　　傳真：02-2795-4100
http://www.e-redant.com

2006 年 7 月 BOD 再刷
定價：230 元

讀　者　回　函　卡

感謝您購買本書，為提升服務品質，煩請填寫以下問卷，收到您的寶貴意見後，我們會仔細收藏記錄並回贈紀念品，謝謝！

1.您購買的書名：______________________________

2.您從何得知本書的消息？

☐網路書店　☐部落格　☐資料庫搜尋　☐書訊　☐電子報　☐書店

☐平面媒體　☐ 朋友推薦　☐網站推薦　☐其他__________

3.您對本書的評價：(請填代號　1.非常滿意 2.滿意 3.尚可 4.再改進)

封面設計____　版面編排____　內容____　文/譯筆____　價格____

4.讀完書後您覺得：

☐很有收獲　☐有收獲　☐收獲不多　☐沒收獲

5.您會推薦本書給朋友嗎？

☐會　☐不會，為什麼？______________________________

6.其他寶貴的意見：______________________________

____

____

____

讀者基本資料

姓名：____________________　年齡：______　性別：☐女　☐男

聯絡電話：________________　E-mail：____________________

地址：______________________________

學歷：☐高中(含)以下　☐高中　☐專科學校　☐大學

☐研究所(含)以上　☐其他_______________

職業：☐製造業　☐金融業　☐資訊業　☐軍警　☐傳播業　☐自由業

☐服務業　☐公務員　☐教職　☐學生　☐其他__________

請貼
郵票

To：114

台北市內湖區瑞光路583巷25號1樓

秀威資訊科技股份有限公司　　收

寄件人姓名：

寄件人地址：□□□

(請沿線對摺寄回,謝謝!)

秀威與 BOD

BOD（Books On Demand）是數位出版的大趨勢，秀威資訊率先運用 POD 數位印刷設備來生產書籍，並提供作者全程數位出版服務，致使書籍產銷零庫存，知識傳承不絕版，目前已開闢以下書系：

一、BOD 學術著作—專業論述的閱讀延伸
二、BOD 個人著作—分享生命的心路歷程
三、BOD 旅遊著作—個人深度旅遊文學創作
四、BOD 大陸學者—大陸專業學者學術出版
五、POD 獨家經銷—數位產製的代發行書籍

BOD 秀威網路書店：www.showwe.com.tw
政府出版品網路書店：www.*gov*books.com.tw

永不絕版的故事・自己寫・永不休止的音符・自己唱